Artur Landsberger

Das Blut

I0651835

Verone

Artur Landsberger

Das Blut

1st Edition | ISBN: 978-9-92500-136-1

Place of Publication: Nikosia, Cyprus

Erscheinungsjahr: 2016

TP Verone Publishing House Ltd.

Reproduktion des Originals in Großdruckschrift.

Artur Landsberger

Das Blut

Abenteurer-Roman nach einer Idee von Tilla Durieux

Vorwort.

Lieber Artur Landsberger!

Du bittest mich um Mitteilung, ob Tilla Durieux und meine Wenigkeit einverstanden sind, dass die Idee unseres gemeinsam verschuldeten »Zerschnittenen Bildes des Franz Hals« von Dir auch zu einem Roman verwendet wird.

Ich denke: warum nicht? – und Frau Durieux, die ich gefragt habe, ist meiner Meinung. Warum denn wirklich nicht?

Der Film, »Das zerschnittene Bild des Frans Hals« (später haben wir es ja anders genannt), ist sozusagen der *Beau reste* eines sehr schönen Kartenhauses aus Schwatzabenden des letzten Winters. Die Durieux träumte vom Charakterfilm der Zukunft? Ich meinte, es könnte auch der der Gegenwart werden, die Durieux kam plötzlich mit einem eigenen Filmstoff von verwirrend reicher Fantastik hervor, wir riefen Dich, den Praktiker ... und im Nu hatten wir von Dir einen »Autorenvertrag« und beide einen schönen Haufen brauner Scheine in der Hand. So wurden wir Filmautoren, die berühmte Schauspielerin und der unberühmte Zeitungsmann. Unser Charakterfilm großen Stils ist ja freilich nicht zustande gekommen: Die Durieux, die die Hauptrolle hätte spielen sollen, musste vorzeitig nach

Wien, und nur auf sie waren Stoff und erstes Manuskript eingestellt gewesen; so wurde der Film etwas anderes. Ich habe, wie Du weißt, die fixe Idee, Filmdarstellerinnen vom Geschlecht der Asta Nielsen müssten ihrer mehrere, vielleicht eine ganze Generation, zu erzielen sein: die den Film zur Kunst heben helfen, Vermittlerinnen des Menschenausdruckes – wo heute noch hübsche, dumme, blinzelnde Puppen das Primadonnendiktat üben. In der Bestimmung des Films liegt etwas, das er bisher nicht hat erreichen können. Er könnte ein sehr viel stärkerer und sinnfälligerer Exponent der Zeit sein, über nur unserer Zeit, die, hastig, handlungsstark und kompakt, in der Explosivität und den Sensationen das Äquivalent vorläufig verlorener anderer Werte gibt, für die nächste käme er vielleicht schon zu spät, denn seine Kräfte sind aktuell, auch sie sind Explosion und Atemlosigkeit. Diese Zeit hält sich nicht in der Tiefe auf und geht nicht in die Breite: sie schießt, Rakete, mit Detonation ausschließlich vorwärts, aufwärts. Auf schmalster Basis der Mittel, etwa mit dem Theater verglichen – und nur wie im Stoß den Sinn und Ausdruck des Menschlichen verratend: So wirkt der Film. Der Schauspieler im Film, zum Beispiel, muss eine mit Riesendruck in ganz engen Wirkungskanal gepresste immense Kraft spenden; denn die Energie, die im Theater das Wort, die Illusion echter Räume und die Unmittelbarkeit der Person ausstrahlen, muss durch die Kraftdichtigkeit nur einer einzigen Richtung ersetzt werden. In diesem Sinne sind Steinrück, Wegener, Werner Krauß und noch andere fast vollkommene Filmdarsteller – immerhin also eine ganze Kategorie. Dass die Porten oder die Negri ihre weiblichen Gegenstücke seien, kann niemand behaupten. Es gibt da bis heute nur die Nielsen. Aber ich werde den Gedanken nicht los, dass hier die Durieux, das absoluteste Ausdrucksgenie unseres Landes, dienstbar werden müsste. Um ihretwillen interessierte mich der von ihr erdachte Stoff unseres Films, in diesem Sinne gedachte ich sie selbst an die Sache zu fesseln, Als sie aber Berlin plötzlich verlassen musste, fiel unser Plan, ließen wir Dir gern Stoff und Manuskript. Das Ganze war ja, für Frau Durieux und auch für mich, nicht viel mehr als ein etwas verdichtetes Luftschloss. Du magst also davon nehmen, wie viel noch übrig ist und Dir Freude macht. Schon die endgültige Fassung des Filmmanuskripts war ja ausschließlich Deine Arbeit, auf die wir keinen Einfluss mehr nahmen. Freilich bin ich sicher, der Film, unter Deinen immer überraschend geschickten Händen, wird auch so, wie er nun ohne die Durieux wurde, sein großes Publikum finden; und ebenso sicher, dass der Roman, den Du danach jetzt formen willst, Deine Leser nicht enttäuschen wird. Filmromane sind übrigens sympathischer als Romanfilme. Diese entstanden aus Verlegenheit. Die Filmdichter borgten sich die ihnen fehlende Erfindungskraft bei den Epikern, und das war misslich; denn die Fantasie des Romanciers muss nicht dramatisch sein. Mit den Filmromanen ist es immerhin eine andere Sache. Sie werden geschrieben, weil der Zeitraum einer Filmstunde zwar genügt, das Publikum mit der äußern und innern Spannung eines starken Motivs aufzufüllen, nicht aber, es sogleich restlos »abreagieren« zu machen. Das eben ist noch die Schwäche des Films; Schwäche meist seiner weiblichen Darsteller. Ein Film ist

Schund, wenn er nur Tatsachen und süße Gesichter präsentiert. In jedem dramatischen Tatsachengerippe noch so gröbsten Baus ist die Luft voll von Bakterien echten Lebens, Keimen bewegender Menschlichkeiten. Wenn der Zuschauer nur eine reizbare Seele ist, so wird aus Sudermann (noch aus Sudermann!) plus Zuhörer unter Umständen ein echtes Erlebnis. Du weißt gut, was ich meine. Das Filmmanuskript kann immer nur Tatsachengerippe gröbern Baus und allenfalls Winke für den Darsteller geben; dessen Sache ist es, die Bakterien des echten Lebens zu belichten. Aber von dem, was eine Henny Porten unter den Tisch fallen lässt, können hinterher noch zehn Romandichter leben. So wächst aus einem allgemeinen Mangel des Films diese Gattung, der Filmroman; um den Mangel nachträglich zu heilen, um den latent gebliebenen Rest von Dynamik des Stoffs noch nachträglich zur Auswirkung zu bringen, nutzbar zu machen. Die Gattung Filmroman zu verwerfen, weil es sehr schlechte Filmromane gibt, ist so schlimm, wie den Film selbst wegen schlechter Filme abzulehnen. Oder, sagen wir, den »Erdgeist« wegen des »Notrufs«. Als das Chaos des Kriegs im Lande war, trat die Literatur alle Rechte auf die Seele der Masse an das Kino ab. Es war fürchterlich. Der Filmroman: Das könnte, sehr sinnvoll, die Zeremonie sein, mit der das Kino ein verwaltetes Szepter an die Literatur zurückgibt.

Dir, lieber Artur Landsberger, wünsche ich, dass Du die Gattung rechtfertigest und die Zeremonie weihest ...

Venedig, Juni 1921.

Walter Steinthal.

Auftakt.

Johannes van Gudry kniff die Augen zusammen, stützte den Kopf in die Hand und spitzte die Ohren. Der schmutzigen Kellnerin, die sah, dass sein Glas leer war, und die Miene machte, an ihn heranzutreten, gab er ein Zeichen. Die trat behutsam an ein Grammofon, das wie eine von Absinth trunkene Grisette grölte, und stellte es ab.

Peter Last lächelte, neigte den Kopf noch ein wenig mehr zur Seite und verstand nun jedes Wort, das man am Nebentische sprach. Der niedere, langgestreckte Raum war dick verqualmt, und der üble Dunst von Rauch und Menschen nahm ihm den Atem.

Im Grunde interessierten ihn diese Menschen nicht. Aber es machte ihn stutzig, dass Gutsbeamte, die hier nach Feierabend ihren Lohn vertranken, sich über ein Gemälde unterhielten und dabei Frans Hals nannten, als wäre ihnen der Name geläufig wie der des grünen Giftes, das sie täglich tranken, oder des Tabaks, den sie mit schwarzen Fingern in die kurzen Pfeifen stopften.

»Frau Kornelia wird alle Tage blasser und schmaler«, rief ein baumlanger Kerl. »Sie steckt in keiner gesunden Haut!«

»Unsinn!«, widersprach ein anderer, der glattrasiert war und einem herrschaftlichen Diener glich. »Das liegt viel tiefer.«

Und als die anderen verständnislos zu ihm aufsahen, hob er die rechte Hand und sagte geheimnisvoll: »Auf Frau Kornelia ruht der Fluch des Hauses Vestrum.«

Da wurden die Gesichter noch länger, die Augen noch größer. Sie starrten ihn an, und der Baumlange, der der Beherrschteste war, fragte: »Was für ein Fluch?«

»Mir hat mein Vater, der vor mir Hausmeister auf Schloss Vestrum war, erzählt, dass irgendwo im Schlosse das Bild einer Zigeunerin verborgen sei, das niemand anderen vorstelle als eine der Ahnen des Hauses Vestrum.«

»Eine Zigeunerin die Ahnfrau Frau Kornelias?« warf einer der verblüfften Leute ein, und die anderen schüttelten die Köpfe und riefen: »Nein! Das glauben wir nicht!«

»Und doch ist es so!«, beteuerte der Hausmeister. »Einer der Herren van Vestrum hat die Zigeunerin in der Nähe von Haarlem auf einem seiner Jagdzüge aufgegriffen, sie auf sein Pferd genommen und ist mit ihr in die Stadt geritten, um sie in ihren Lumpen, so, wie er sie fand, von Frans Hals malen zu lassen. Später hat er sie dann in kostbare Kleider gesteckt und ist mit ihr und dem Bilde nach Schloss Vestrum zurückgekehrt.«

»Ein Märchen!«, rief ein alter Beamter und schlug auf den Tisch; aber der Baumlange nickte und meinte: »Es kann stimmen! Etwas Zigeunerhaftes hat unsere junge Herrin an sich – etwas Wildes, Unbeherrschtes – genau wie meine Zenta, von der auch niemand recht weiß, woher sie kommt.«

»Und dieser Zigeunerin lag der Trieb zum Stehlen so tief im Blute«, fuhr der Hausmeister fort, »dass sie sich selbst als spätere Herrin auf Vestrum noch an ganz wertlosen Gegenständen ihrer Gäste und eigenen Leute vergriff.«

»Na, stehlen tun sie heute noch auf dem Schloss wie die Raben«, meinte der Alte.

Und der Baumlange stieß den Rauch aus der Pfeife und sagte: »Am Ende geht die Ahnfrau herum und stört Fräulein Kornelias Schlaf;« – dann brüllte er laut vor Lachen, schüttelte sich und rief: »Ammenmärchen! Für Kinder! Fräulein Kornelia hat Liebeskummer! Das ist es!«

Ein Dritter warf ein: »Der junge Advokat aus der Stadt, der ihr Vermögen verwaltet, hat es ihr angetan.«

»Mag sein«, erwiderte der Hausmeister. »Er und Fräulein Kornelia stimmen gut zueinander. Aber dass sie ihn nicht erhört, das eben hängt mit dem Fluch und dem Bilde zusammen und mit der Zigeunerin. Niemand hat das Bild gesehen; nur Fräulein Kornelia kennt es. Und es gibt Tage, an denen sie weiß wie der Tod ist und scheu wie ein Reh durch die Zimmer schwebt, niemanden ansieht oder empfängt. Selbst den Advokaten nicht. Das sind die Tage, an denen sie unter dem Einfluss des Bildes steht.«

»... das gar nicht existiert und nur in ihrer Vorstellung lebt,« fiel ihm der Lange ins Wort.

»Das Bild ist da!« entgegnete der Hausmeister. »Und Frans Hals schuf es so voller Leben und Bewegung, dass es jeden, der es betrachtet, in seinen Bann zieht.« – –

Peter Last verwickelte die Kellnerin in ein Gespräch. Sie erzählte ihm von der schönen Schlossherrin, die man nie sah; er erfuhr den Namen des jungen Advokaten aus der Stadt, stand auf, zahlte, bestellte am Büfett noch einen Likör und prägte sich, während er ihn langsam trank, genau die Gesichter der Leute ein, die um den Tisch herum saßen und sich um Kornelia, Frans Hals und die Zigeunerin stritten. Dann erst ging er.

Erstes Kapitel.

Es war sieben Uhr durch, und das Wartezimmer des Advokaten Dr. Kargert betraten noch immer neue Klienten, »Ob wir wohl heute noch herankommen werden?« war die Frage, die auf den Gesichtern aller Eintretenden zu lesen war.

Gegen halb acht hielt das Auto Johannes van Gudrys vor dem Hause.

»Bedaure,« empfing ihn der Diener, »die Sprechstunde ist vorüber.«

Johannes van Gudry lächelte, wies auf die Hüte und Mäntel, die im Vorraum hingen, zog seine Brieftasche heraus, gab dem Diener ein fürstliches Trinkgeld und wurde sofort vorgelassen. Dr. Kargert, dessen Jugend ihn überraschte, bot ihm einen Sessel an.

»Es handelt sich um die Veräußerung meiner Güter in Holländisch-Indien an eine Gruppe von Amerikanern«, log Johannes. »Ihr Name fiel in einem Klub. Ich müsste lügen, wollte ich sagen, wer ihn nannte. Jedenfalls merkte ich ihn mir« – er wies auf sein Notizbuch, in dem ganz etwas anderes stand – »und möchte, dass Sie mir die Verträge machen.«

Der Advokat schien etwas unsicher.

»Gewiss«, erwiderte er und bat um die Unterlagen.

Johannes nannte Namen und Zahlen, ohne dass der Advokat folgen konnte.

»Wann schließen Sie Ihr Bureau?«, fragte Johannes.

»Gegen neun Uhr.«

»Gut! Seien Sie um zehn Uhr mein Gast im Savoy. Derartige Geschäfte erledigt man erfahrungsgemäß am besten bei einer Zigarre und einem Glase Wein.«

Dr. Kargert war etwas überrascht. Aber da Johannes schon aufgestanden war und ihm die Hand hinstreckte und ein Riesengeschäft winkte, so schlug er ein.

Drei Abende hintereinander saßen sie bis in die Nacht hinein. Von Geschäften war kaum noch die Rede; und es passte durchaus in die Stimmung, als Johannes aus Dr. Kargerts Äußerung: »Morgen können wir uns leider nicht sehen,« erwiderte: »5o schnell also werden Sie mir untreu!«

Kargert überlegte und sagte: »Kommen Sie mit!«

»Wohin?«

»Nach Schloss Vestrum, zu Fräulein Kornelia, von der ich Ihnen schon am ersten Abend erzählte.«

Johannes – obschon *er* es gewesen war, der damals dies Gespräch veranlasst hatte – tat, als entsänne er sich nicht, antwortete ausweichend: Er sei kein Gesellschaftsmensch und gegen herrenlose Schlösser habe er von vornherein eine Abneigung. Schließlich gab er nach, sagte aber, dass er es nur täte, um Kargerts Gesellschaft nicht zu entbehren, und fuhr mit ihm dann am nächsten Mittag nach Schloss Vestrum.

Zweites Kapitel.

Kornelia van Vestrum führte auf ihrem Schlosse trotz Reichtums, Jugend und Schönheit ein völlig zurückgezogenes Leben. Teile des Schlosses, in denen sie mit ihrer, wie eine Mutter sie betreuenden Amme lebte, ganze Teile des Parkes, in denen sie spazieren ging und ritt, waren selbst der Dienerschaft verschlossen. Das gab Anlass zu allerhand Mythen, die überall die Runde machten und bis in die Stadt drangen. Alte Frauen erzählten sich, dass ein unsichtbarer Gast, den niemand sähe als Kornelia selbst, im Hause herumginge und Gewalt über Kornelia besitze. Und Kindern, die man strafen wollte, drohte man mit dem unsichtbaren Gast vom Schloss Vestrum, das bald ein märchenhafter Schimmer von Mystik umwob.

Wenn, was oft geschah, die Kinder und die Armen der Gegend auf Schloss Vestrum beschenkt wurden, und wenn Fräulein Kornelia dann in dem eng anliegenden, schwarzen Kleid, schlank wie eine Gerte, bleich wie Linnen, mit großen träumenden Augen, die mild und gütig blickten, in die weite Halle schwebte – – dann war den Kindern wohl zumute wie in der Kirche, wenn nach der Predigt sanft und weich die ersten Klänge der Orgel ertönten. Sie liebten sie Alle und drängten zu ihr – nicht der Geschenke wegen – weil zärtliche Güte von ihr ausging und sich wie die Hand einer liebevollen Mutter auf die empfänglichen Kinderseelen legte.

Außer ihrer alten Amme und dem jungen Advokaten, dessen Bekanntschaft ihr alter Oheim vermittelt hatte, besaß Kornelia niemanden, der ihr nahestand. Und sie sah es auch nicht gern, als Dr. Kargert ihr eines Tages seinen Freund, Johannes van Gudry, ins Haus brachte, dessen Selbstbewusstsein und bestimmtes Auftreten ihre Unsicherheit noch erhöhten.

»Warum kommen Sie nie mehr ohne diesen Herrn van Gudry?«, fragte sie, als Kargert zum dritten Male mit seinem Freunde erschienen war. »Wir kommen überhaupt nicht mehr dazu, uns unter vier Augen zu sprechen.«

»Wenn Herr van Gudry wüsste, dass unser Verhältnis mehr ist als flüchtiger Verkehr, glauben Sie mir, Kornelia, dass er dann taktvoll genug wäre, sich zurückzuhalten.«

»Nein!«, erwiderte Kornelia und ergriff seine Hand. »Sie dürfen ihm nie sagen, dass wir uns mehr sind, Robert – versprechen Sie mir das!«

»Fürchten Sie ihn?«

»Er ist mir unheimlich.«

»Er ist ein Aristokrat vom Scheitel bis zur Sohle.«

»Kennen Sie ihn so genau?«

Robert dachte einen Augenblick nach. Eigentlich waren es mehr Zahlen und Geschäfte, die für ihn in einem Zusammenhang mit Gudry standen. Von dem Menschen wusste er nicht viel.

Kornelia hielt noch immer seine Hand. Er sah sie an und sagte: »Was kümmern uns Dritte? – wo wir wissen, was wir uns sind! – Warum zögern Sie noch immer? Was hält Sie zurück? Fühlen Sie denn nicht, dass jede

Stunde, die wir uns nicht gehören, für unser Leben verloren ist?«

Er fühlte den festen Druck ihrer Hand und sank vor ihr auf die Knie.

»Ja, Robert, ich fühle es, und Sie dürfen mir glauben, dass ich lieber heute als morgen Ihre Frau würde.«

Er sah nicht, dass ihre Augen voll Tränen standen, dass ihr Gefühl und ihre Gedanken anderswohin gingen – – dass sie unter einen Zwang geriet, dem sie sich widersetzte. Ihre Hand, die eben noch ihr Gefühl verriet, wurde kalt, spannte sich zur Abwehr. Ein kurzer Kampf, in dem sie unterlag. Sie beugte sich zu Robert herab – nicht um ihn zu umarmen. Der Mann, der ihr zu Füßen lag, war in diesem Augenblick für sie nicht Robert, sondern ein Objekt, an dem sich ein vererbter Trieb versuchte. – Als Kornelia sich aufrichtete, hielt sie in der schmalen, weißen Hand ein goldenes Etui, das sie mit zitternden Fingern irgendwo verbarg. Dann wankte sie, bleich wie der Tod, durchs Zimmer und stand, als sie eben auf die Tür zuschritt, dem lächelnden Johannes gegenüber, der zur Seite trat und die Entsetzte an sich vorübergleiten ließ. – Robert hatte sich erhoben.

Kornelia stand in der Bibliothek und hatte hinter sich die Türen verschlossen. An den Wänden hingen die Bilder ihrer Ahnen; hier und da durch ein Altarstück, einen Spiegel, einen alten Gobelin unterbrochen. Sie schloss für einen Augenblick die Augen, holte Atem, fuhr sich über die Stirn, lächelte und überzeugte sich, dass die

Portieren an den Fenstern fest geschlossen waren. Dann ging sie an den Spiegel heran, drückte irgendwo auf einen geheimen Knopf und verfolgte, wie hinter dem Spiegel, der langsam in das Mauerwerk hinabglitt, das Bild einer Zigeunerin sichtbar wurde. In Lumpen gekleidet, mit kurzem Haar, einem spöttischen Lächeln um den breiten Mund, die Augen halb geschlossen, zeigte die Zigeunerin doch Züge, die denen der Kornelia ähnlich waren. Zumal jetzt, wo von Kornelia letzte Furcht gewichen war und sie fast heiter blickte, war diese Ähnlichkeit unverkennbar. Kornelia sah zu dem Bilde auf, zog das Etui hervor und lächelte – lächelte genau wie diese Zigeunerin, die jetzt zu leben schien. Eine Zeit lang noch stand sie in Betrachtung des Bildes. Bald schien es, als suche sie sich seinem Einflusse zu entziehen; dann aber wieder brach verhaltene Freude durch, bis sie, unzufrieden mit sich und von den mannigfachsten, einander widerstrebenden Gefühlen bewegt, an die Stelle des Bildes wieder den Spiegel treten ließ.

Robert, an ein sonderbares Wesen Kornelias gewöhnt, schüttelte den Kopf und sah ihr nach. Da stand Johannes schon neben ihm: »Fräulein Kornelia ist ebenso reizvoll, wie eigenartig,« sagte er und sah ihn scharf an.

»Sie haben Interesse an ihr?«

»Wie an jeder schönen Frau! Und in diesem Falle ganz besonders, wo es sich um die Freundin Ihres Herzens handelt.«

»Habe ich Ihnen davon gesprochen?«

Johannes lächelte.

»Sie? Nein! Aber, wenn man zwanzig Jahre lang die Frauen aller Erdteile studiert hat, genügt ein Blick.«

»Und Sie glauben wirklich?«, fragte Robert interessiert.

»Glaube?«, erwiderte der. »Ich weiß!« – – Er zog sein Zigarettenetui aus der Tasche und bot es Robert an. Der lachte; das Etui war leer. Johannes tat erstaunt; Robert griff in die Weste und suchte alle Taschen ab.

»Aber ich hatte es doch nach vor einer Viertelstunde.«

»Ich selbst habe es gesehen,« bestätigte Johannes.

»Rätselhaft!«

»Wie manches in diesem Hause!«

Robert zog den alten Diener ins Vertrauen. Dessen Gesichtsausdruck verriet einen Schreck, der weniger Erstaunen, mehr Bestätigung einer ständigen Furcht war.

Kornelia ließ die Herren in den Salon bitten. Sie plauderten noch eine Weile; eine Stimmung wollte aber nicht recht aufkommen. Johannes erzählte von seinen Reisen, den Kunstschätzen in fremden Ländern, flocht unauffällig Bemerkungen über bekannte Werke alter Meister ein, deren Aufenthaltsort unbekannt sei, rechnete mit einer unbeherrschten Geste Kornelias, die ihm etwas verraten könnte – aber nichts von alledem geschah, sie schien, ebenso wie Robert, mit ihren Gedanken ganz wo anders und forderte ihn auch nicht auf, zu bleiben, als er sich jetzt erhob und sagte: »Gnädiges Fräulein, es ist Schlafenszeit! Vielen Dank für den anregenden Abend!«

Dabei drückte er ihre schmale Hand stärker als es nötig war und sah ihr in die Augen, als wenn ein geheimes

Einverständnis zwischen ihm und ihr bestände. Kornelia wurde unsicher, zitterte, zog die Hand zurück, und zu Robert sagte sie, als auch er sich verabschiedete und Johannes eben draußen war: »Ihr Freund hat etwas Unheimliches.«

Robert erwiderte: »Ich glaube, Sie dürfen sich ihm in Allem anvertrauen, Kornelia, genau wie mir! Er ist sehr klug!«

»Niemals!«, erwiderte sie bestimmt.

Drittes Kapitel.

Es war mitten in der Nacht, als Johannes van Gudry nach Haus kam. Umso erstaunter war er, von seinem Diener zu hören, dass Frau van Jörgens, die gegen Abend gekommen sei, noch immer im Herrenzimmer sitze und auf ihn warte.

»Lächerlich!«, sagte er halblaut. »Ist Peter Last zurück?« »Seit acht Uhr. Ich helfe ihm gerade Kisten und Koffer auszupacken, die er mitgebracht hat!«

»Bilder?«

»Auch Folianten – ganze Stöße – ich glaube, aus Haarlem.«

Johannes lächelte befriedigt.

»Ich komme gleich zu Euch herunter! Packt nur weiter.« – – Dann ging er durch die Halle ins Herrenzimmer, in dem die schöne, elegante Frau van Jörgens ihn erwartete.

»Johannes!«, rief sie, als er ins Zimmer trat, und warf sich ihm an den Hals. – – Er stand und bewegte sich nicht.

»Warum habe ich nichts von dir gehört?«

»Sie sollten mehr auf Ihren guten Ruf achten, gnädige Frau.«

»Johannes! Was ist das für eine Sprache, was bedeutet das?«

»Wenn du's denn hören willst – ich bin deiner überdrüssig!«

»Das ist nicht wahr!«

Johannes trommelte nervös mit den Fingern auf dem Tisch.

»Ich brauche dich nicht mehr l«

»Brauchst – – mich – – nicht – – mehr?« wiederholte sie und traute ihren Ohren nicht.

»Ich habe etwas Besseres gefunden!«

Sie sah ihn starr und verständnislos an.

»Du willst mich quälen, Johannes! – Ich bin doch keine – –«

»Mittel zum Zweck warst du mir – wie jede Frau oder habe ich dir jemals Liebe vorgeheuchelt?«

»Ich habe dir alles geopfert.«

»Ich habe dich nicht darum gebeten.«

»Was brauchst du?« – Sie nahm hastig ihre Perlenkette ab und legte sie ihm in die Hand.

Johannes spielte damit, lächelte und ließ sie gleichgültig auf den Tisch fallen.

»Damit du im Bilde bist; in vier Wochen wird die reichste Erbin und das schönste Schloss Hollands mir gehören!«

»Die Ärmste!«, sagte Frau van Jörgens vor sich hin.

»Du siehst«, fuhr Johannes fort, »ich spiele mit offenen Karten, und du weißt nun, dass du hier überflüssig bist.«

Frau van Jörgens wankte zum nächsten Sessel, auf dem sie zusammenbrach, während Johannes, ohne sie auch nur eines Blickes zu würdigen, aus dem Zimmer ging.

———

Peter Last hatte inzwischen alle Kisten geleert und die ganze Halle, die zum Garten führte, mit Bildern und Folianten belegt.

»Du gibst mir ja ordentlich zu tun!«, sagte Johannes, als er in die Halle trat.

»Ich habe zusammengerafft, was ich bekommen konnte; Familienchroniken, wie du mir aufgabst. Ob die darunter ist, die du suchst, weiß ich nicht!«

»Ich werde auch ohne sie auskommen. – Hier!« er warf ihm seine Brieftasche zu, nachdem er das Geld und die Papiere herausgenommen und in die Tasche gesteckt hatte – »wirf das in den Ofen!«

» *Wie*? – wa...?«

»und gewöhn' dir das Fragen ab!«

Peter Last machte ein verdutztes Gesicht, gehorchte und warf die Tasche in den Kamin.

»Diese Brieftasche ist mir heute Abend auf Schloss Vestrum gestohlen worden.«

»Wa...?«

»Verstanden? – Ich bin sehr erregt – du siehst es – nach Hause gekommen, habe noch einmal alle Taschen durchsucht, obschon ich genau wusste, dass es nur dort geschehen sein konnte.«

»Was da wohl wieder dahintersteckt!«

»Das geht nur mich an! Du hast zu gehorchen und nicht nachzudenken.«

»Ist mir auch lieber!«

Johannes besah sich die Gegenstände, blätterte in den Folianten, fand aber nichts, was auf den Gegenstand, den er suchte, Bezug hatte.

»Mein Auto!«, rief er ärgerlich und fuhr mitten in der Nacht zu Kargert, dem er erregt von dem Diebstahl seiner Brieftasche Mitteilung machte.

»Es ist nicht des Geldes wegen«, sagt« er. »Ein Schein ist wie der andere und lässt sich ersetzen. Aber es waren alte Dokumente darin über die Echtheit von Bildern, die unersetzbar sind.«

»Wir müssen sofort hin!« drängte Robert, der ganz verzweifelt war.

Auf Schloss Vestrum hatte der alte Hausmeister, als Fräulein Kornelia in ihrem Zimmer war, die Dienerschaft zusammengerufen und ihr von dem Verlust des Etuis Kenntnis gegeben.

»Das ist in drei Wochen der vierte Fall!«

Alle beteuerten ihre Unschuld. Man beargwöhnte eine junge Zofe, die noch nicht lange im Hause war.

»Ich will Sie nicht verdächtigen«, sagte der Alte, »aber wenn es wahr ist, dass Sie schon des Nachts aus dem Hause waren, dann dürfen Sie sich auch nicht wundern, wenn man Ihnen so etwas zutraut.«

Das Mädchen fing an zu heulen, sodass der Schäferhund, der vor Kornelias Tür Wache hielt, aufsprang und Laut gab. Kornelia richtete sich hoch, sprang aus dem Bett, warf sich eine Matinée über und eilte, gefolgt von dem Dackel, der bei ihr schlief und stets um sie war, auf den Flur. Unten in der Halle standen die Leute, heulte das Mädchen, vom Geländer aus beobachtete Cornelia unbemerkt eine Zeit lang den Vorgang. Dann rief sie, während sie hastig die Treppen hinabstieg, ihnen zu: »Sie ist unschuldig!«, stellte sich schützend vor das Mädchen, nahm es bei der Hand und führte es, während die Dienerschaft erstaunt zurückblieb, aus der Halle. Liebevoll nahm sie sich des Mädchens an, tröstete und beschenkte es und ging dann, da sie zu erregt war, um zu schlafen, in die Bibliothek. Die Amme, die erst im Schlafzimmer suchte, fand sie über einen alten Folianten gebeugt, so vertieft in die Lektüre, dass sie ihr Kommen gar nicht bemerkte.

»Kornelia!«, rief die Amme mit einem leisen Vorwurf in der Stimme. »Mitten in der Nacht!«

Sie stand jetzt dicht bei ihr.

»Gibt es eine Möglichkeit, dass man das, was hier steht,« – und dabei wies sie auf den Folianten, der vor ihr lag, »öffentlich bekannt gibt?«

»Was soll das?«, fragte die Amme.

»Die Chronik unserer Familie, die beweist, dass es nicht wahr ist!«

»Was ist nicht wahr?«

»Dass eine Zigeunerin – – hier lies: nicht wahr, eine Chronik lügt nicht?« Und die Amme beugte sich über das Buch und las:

»Im Jahre 1628 hat nach einer alten Chronik der Gilde der Tucharbeiter in Haarlem ein durchreisender Fremder bei dem Maler Frans Hals, dem Sohn des Tuchmachers Hals, das Porträt einer gewöhnlichen Zigeunerin, die er in einer Vorstadt Haarlems aufgefunden hatte, bestellt. Der Maler malte das lachende junge Mädchen, ohne ihr ein schönes Kleid anzuziehen, in den Lumpen, wie der fremde Durchreisende sie zum ersten Mal gesehen hat.

Der Fremde hatte die verlumpten Kleider mitgebracht und das Mädchen, das herrlich gekleidet war, veranlasst, ihre schönen Kleider auszuziehen und die verlumpten Zigeunerkleider wieder anzuziehen. Der Fremde verließ bald mit seinem Mädchen die Stadt, unter Mitnahme des wohlgelungenen großen Bildes. Der Fremde war unser Vorfahr Dirk Pieters van Vestrum. Das Mädchen hieß Kornelia Druyvesteyn. Alle Nachforschungen nach dem Verbleib dieses Bildes sind erfolglos geblieben, das Bild ist in unserer Ahnengalerie nicht vorhanden und damit ist die alte Erzählung hinfällig, dass unser Vorfahr Dirk Pieters van Vestrum das Zigeunermädchen geheiratet hat und dass wir in unserer Ahnenreihe den Fleck hätten, eine Zigeunerin aufgenommen zu haben. Im Schloss von Vestrum hängt das Bild der rechtmäßigen Gemahlin des Dirk Pieters van Vestrum, genannt Brehtje Voogt van der Eem. Dieses Bild ist aber nicht von Frans Hals gemalt, sondern von einem unbekannten späteren Maler aus Köln.«

»Ich begreife nicht, dass dich diese Geschichte derart beschäftigen kann«, erwiderte die Amme. »Wen kümmert das? Wer fragt danach?«

»Du meinst, es weiß es niemand?«, fragte Kornelia, und die Furcht, die eben noch in ihrem Gesicht stand, schien geschwunden.

»Kein Mensch hat Interesse daran!«, beteuerte die Amme, woraufhin Kornelia aufsprang, die Amme bei den Händen nahm und ausgelassen, wie ein Kind mit ihr herumtollte. Dann sagte sie übermütig: »Übrigens, dir verrat' ich's; so ganz stimmt es nicht, was in der Chronik steht. Sieh' mal!« Und sie kramte in einer ihrer Taschen, holte ein Bronzeschildchen heraus, wie es an Bilderrahmen angebracht ist, hielt es ihr – nur einen Augenblick lang – vors Gesicht, aber doch lange genug, dass die Amme lesen konnte: Kornelia Druyvesteyn – »Diese Kornelia,« rief sie übermütig, »bin ich! Aber sag' es niemandem!«

Die Amme schüttelte den Kopf und sah beunruhigt, dass Kornelias Lustigkeit, wenn auch nicht gerade gezwungen, so doch die Reaktion eines durchaus nicht freudigen Vorganges war.

Draußen schlug der Barsoi an, und der Dackel, der zu Kornelias Füßen saß und sich nicht leicht aus der Ruhe bringen ließ, lief an dem Hausmeister, der eben eintrat, vorbei und stürzte kläffend auf Johannes zu, der gerade mit Dr. Kargert Hut und Mantel ablegte.

Kornelia sprang erschrocken auf, und auch die Amme begriff nicht, was Robert und Johannes mitten in der Nacht im Schlosse suchten.

»Wir glaubten nicht, Sie noch aufzufinden«, begann Robert, »wir suchten den Hausmeister, da wir wichtige Dinge hier zurückgelassen hatten.«

Kornelia wurde bleich, zitterte und hielt sich am Rande des Tisches fest.

»Ich habe bereits gehört,« brachte sie mühsam hervor, »und komme natürlich für den Verlust auf.«

»Wie?«, erwiderte Robert und wich einen Schritt zurück. »Wollen Sie mich kränken, Fräulein Kornelia? Für meine Unachtsamkeit bin allein ich verantwortlich. – Uns führt etwas anderes her. Herr van Gudry vermisst seine Brieftasche mit sehr wichtigen Dokumenten und behauptet, dass er sie nur hier habe liegen lassen können.«

»Nein!«, rief Kornelia bestimmt – »das ist unmöglich!« und wandte sich an Johannes. An seinem spöttisch triumphierenden Lächeln erkannte sie, dass die Bestimmtheit ihres Widerspruchs mehr eine Selbstbezichtigung als eine Verteidigung war.

»Der Hausmeister meinte, es sei nicht das erste Mal«, fuhr Johannes fort und ließ Kornelia nicht aus den Augen, »man sollte daher, – schon Ihrer eigenen Sicherheit wegen – versuchen, dem Diebe auf die Spur zu kommen.«

Kornelia wandte den Blick ab und sagte: »Gewiss! Aber wie?«

»Nun, wenn ich mir als Leidtragender einen Vorschlag erlauben darf ...«

»Bitte!«

»Man sollte, und zwar möglichst unauffällig, einen tüchtigen Detektiv hier ins Schloss setzen.«

Johannes nahm deutlich wahr, wie Kornelia bei diesem Vorschlag zusammenzuckte.

»Ich möchte das nicht«, sagte sie zaghaft.

Aber sowohl die Amme wie Robert stimmten dem bei und suchten Kornelia von der Notwendigkeit energischer Abwehr zu überzeugen. Es blieb ihr schließlich nichts anderes übrig, als einzuwilligen.

Viertes Kapitel.

Schon am nächsten Vormittag erschien ein Herr mit blauer Hornbrille, ungepflegtem Bart, einer Handtasche und einer deutschen Schäferhündin, und verlangte, Fräulein Kornelia vorgeführt zu werden. Der alte Hausmeister lehnte das alter Weisung zufolge rundweg ab. Auch der Hinweis, dass er im Auftrage des Dr. Kargert komme, verschaffte ihm keinen Einlass. Er tat daraufhin seine Visitenkarte in ein Kuvert, schloss es und trug dem Alten auf, sofort damit zu seiner Herrin zu gehen.

Kornelia saß mit ihrer Amme beim Morgenkaffee, hastig öffnete sie und las

Dr. N. F. Sievers
von der Detektei Smith & Co.

Sie schien anfangs ablehnend, überlegte, lächelte. Es schien sie plötzlich zu reizen; auf alle Fälle wollte sie den Mann sehen. Doch als Dr. Sievers gleich darauf eintrat, erschrak sie und bereute im selben Augenblick auch schon, ihn empfangen zu haben.

Sievers stellte sich vor und sagte: »Ich glaube versichern zu können, dass ich in drei Tagen den Dieb entlarvt habe.«

Kornelia schloss die Augen, wurde blass.

In einem Spiegel, der sich im Hute des Detektivs befand, beobachtete dieser genau jede Veränderung in dem Gesicht Kornelias.

»Sie versprechen viel!«, sagte sie.

»Nicht mehr als ich halten kann.«

Ihre Angst wich jetzt der Lust am Abenteuer.

»Und wie beabsichtigen Sie, das anzustellen?«

»Das freilich muss mein Geheimnis bleiben.«

»Mir dürfen Sie es wohl verraten.«

»Bedaure! – das ist nicht etwa Misstrauen ...«

»Sie vergessen, dass ich hier Herrin bin!«

»Durchaus nicht! Aber nach Allem, was ich höre, handelt es sich hier um eine mit äußerstem Geschick und Geist arbeitende Person, die möglicherweise in Ihrer nächsten Umgebung ist und Ihnen alles, was Sie wissen, vom Gesicht abliest. Derartige Fälle von Gedankenübertragung ...«

Außer meiner Amme ist niemand um mich.«

»Da ich in drei Tagen bereits in ähnlicher Mission in Paris sein muss, so bitte ich, sofort an die Arbeit gehen zu dürfen.«

»Dem steht nichts im Wege.«

»Wollen Sie Ihren Diener bitten, mir ein Zimmer anzuweisen?«

»Wie? – Sie wollen hier wohnen?«

»Selbstverständlich! – Und zwar ganz offiziell – als Ihr Gast.«

»Unmöglich!«

»Verzeihung! – Ich habe einen bestimmten Auftrag. Wie ich mich dessen entledige, ist meine Sache.«

»Hier geschieht, was ich will!«

»Nehmen Sie mir meine Offenheit nicht übel, aber vergessen Sie nicht, dass jede Behinderung in meiner Arbeit, den Dieb zu entlarven, ungünstig auf das bereits gefährdete Renommée des Schlosses Vestrum wirken würde.«

»Das geht lediglich mich an!«

Der Detektiv verbeugte sich und sagte: »Verzeihung!«

Kornelia läutete und trug dem eintretenden Diener auf, dem Detektiv ein Zimmer anzuweisen.

»Im Übrigen hat der Herr Zutritt zu allen Räumen, in und außerhalb des Schlosses; sagen Sie das den Leuten.«

Dr. Sievers ging mit dem Diener hinaus. Der Dackel, der sich knurrend verkrochen hatte, kam unter der Chaiselongue hervor und ging an Kornelia hoch. Der Barsoi Ivan aber, der sonst aufs Wort parierte, hob wohl den Kopf und spitzte die Ohren, als Kornelia rief, wich aber nicht von der Seite der Schäferhündin, die dem Detektiv die Treppe hinauffolgte. Dieser Ungehorsam Ivans, der ihr im Kampfe mit dem Detektiv ein Bundesgenosse sein sollte, verstimmte Kornelia.

Den ganzen Tag nahm der Detektiv Besichtigungen in und außerhalb des Schlosses vor, machte sich Notizen und erzählte den Leuten, dass er an einem Werke über alte Schlösser arbeite. Besondere Aufmerksamkeit schenkte er den Gewölben im Keller, die kein Ende nahmen, deren Wände und Böden er beklopfte, sodass der Hausmeister, der stets in seiner Begleitung war, ihn fragte, ob er etwa einem verborgenen Schatze auf die Spur zu kommen hoffe.

Gegen Mittag erschien er wieder im Salon Kornelias und wurde übermütig von ihr empfangen: »Nun? Haben Sie ihn?«

»Beinahe!«

Wieder erschrak Kornelia, wieder nahm der Detektiv es wahr.

»Aber bezichtigen Sie keinen Falschen!«

»Ich bezichtige nicht, ich überführe!«

»Eine Tätigkeit haben Sie, die mich reizen könnte.«

»Ich nehme Ihre Hilfe gern an.«

»Verfügen Sie über mich!«

»Sie dürfen sich darauf verlassen, dass ich Sie in Anspruch nehme.«

Kornelia brachte im Spiegel ihr Haar, das sich gelockert hatte, in Ordnung.

»Würden Sie mir diese kostbare Spange auf kurze Zeit überlassen?«, fragte der Detektiv.

»Aber mit Vergnügen!«, erwiderte sie und zog die Spange aus dem Haar.

»Wir wollen sie hier in diese Schachtel tun und sehen, ob sie morgen noch an derselben Stelle liegt.«

Ein Lächeln zog über Kornelias Gesicht.

»Und wer ersetzt mir die Spange, wenn sie fehlt?«

Der Detektiv verbeugte sich und sagte: »Ich!«

Diese Bewegung, die etwas Charakteristisches hatte, kam Kornelia bekannt vor. Sie fuhr zusammen, sah ihn groß an und sagte: »Sind wir uns nicht schon einmal begegnet?«

»Im Büro Dr. Kargerts«, erwiderte er.

»Mag sein!«, sagte Kornelia und beruhigte sich. –

Als Kornelia spät abends in ihrem Schlafzimmer war und den Dackel zu sich auf den Schoß nahm, hinterließen seine Pfoten weiße Flecke auf ihrem dunklen Kleide. Sie sprang auf, ging auf den Korridor und nahm wahr, dass von der Bibliothek aus, den ganzen Flur entlang, Mehl gestreut war. Ins Schlafzimmer zurückgekehrt, überzeugte sie sich zunächst, dass alles wie sonst an Ort und Stelle lag. Während sich der Barsoi teilnahmslos an der Tür niedergelegt hatte, schnüffelte der Dackel an den Vorhängen des Fensters herum und erregte damit

Kornelias Aufmerksamkeit. Sie trat heran und nahm zu ihrem Erstaunen wahr, dass die Vorhänge, obgleich sie zugezogen waren, nicht ganz schlossen, und eine nähere Beobachtung ergab, dass der Rand des Vorhangs an einer Stelle mit Gummiarabikum umklebt war.

Einen Augenblick lang stand ihr Herz still. Also verdächtigte der Detektiv auch sie! Zum ersten Male kam ihr zum Bewusstsein, in welche Situation sie zu geraten drohe, erkannte sie die Gefahr, in der sie schwebte, und alles in ihr drängte zur Abwehr. Unten am Schloss lagen hohe Kieferstämme, die vor Kurzem gefällt waren, schon dieser Tage, als sie daran vorüberging, war ihr der Gedanke gekommen, dass diese Stämme aufgerichtet bis an ihr Fenster reichen würden. Sie kombinierte eben, da sah sie auch schon im Spiegel des Schrankes, der gegenüber dem Fenster stand, die Hälfte des Gesichts eines Mannes, das niemand anderem gehörte als dem Detektiv.

Ihre Nerven waren aufs Äußerste gespannt. Der Mann, der sie herausforderte, musste unterliegen. In fieberhafter Hast lief sie im Zimmer umher, dicht am Fenster vorbei, packte Kleider ein und aus, stellte Stühle, Vasen, kleine Tische um, vermied, dabei in den Spiegel zu sehen, und huschte auffällig oft an dem Fenster vorüber. Dann nahm sie von dem Kamin eine hohe Standuhr und stellte sie auf das Fensterbrett, sodass die Öffnung völlig verdeckt war. An einen unbeleuchteten Arm der Deckenkrone hing sie hastig ein langes, seidenes, vielfach geschlitztes Tuch auf, rückte eine hell leuchtende Stehlampe dahinter, stellte einen Ventilator auf, sodass das Seidentuch durch den Luftzug in milde Bewegung geriet. Dann lief sie aus dem Zimmer.

Und der Detektiv draußen auf seinem Kieferstamm, der zuvor sein Gesicht dicht an die Fensterscheibe gepresst hatte, starrte entsetzt die hinter dem Fenster sich hin und herbewegenden Schatten an.

Kornelia nutzte die Zeit. Aus einer Kommode im Nebenzimmer holte sie ein paar Riesenfilzschuhe und ein paar Kinderschuhe, die sich die Arbeiter und Kinder bei den Bescherungen über ihre benagelten Stiefel zu ziehen pflegten, stieg in die großen Schuhe selbst hinein, befestigte sie, da sie ihr viel zu groß waren, mit einem dünnen Draht und zog dem Barsoi die Kinderschuhe über. Dann ging sie eilig den Korridor entlang, und zwar in seiner ganzen Länge, kehrte um, verschwand im Salon, steckte dem Barsoi ein seidenes Tuch in die Schnauze, ließ ihn die Schachtel vom Tisch auf die Kommode stellen und dann erst die Brillantspange aufnehmen, trieb ihn in das Zimmer des Detektivs, wo er die Spange auf ihr Geheiß, das sie vom Korridor aus gab, in seine offene Handtasche fallen ließ. Dann kehrte sie in ihr Schlafzimmer zurück, stellte den Ventilator ab, ging noch ein paar Male im Zimmer hin und her und begab sich, zufriedener mit sich denn je, zur Ruhe.

Und am nächsten Morgen:

Der Detektiv betrat als Erster den Salon. Er war kaum im Zimmer, da erschien von der anderen Seite auch schon Kornelia.

»Nun – – sind sie am Ziel? Ist die Nadel da?«

»Sie ist gestohlen!«

»Von wem?«

»Das werden wir in wenigen Stunden wissen.«

»Sind sie dessen ganz sicher?«

Der Detektiv wies auf die Spuren auf dem Fußboden und sagte: »Ein Mann mit ungewöhnlich großen Füßen, der aus irgendeinem Grunde zwei Kinder bei sich hatte.«

»Zwei Kinder? Das wäre doch sinnlos!«

»Vielleicht, weil sie schreien, wenn er sie allein lässt!«

»Auf was so ein Detektiv nicht alles kommt!«

»Und dann – – sehen Sie hier!« Er nahm den Karton, in dem die Nadel gelegen hatte, behutsam auf.– –»Hier werden wir einen noch zuverlässigeren Zeugen haben, nämlich die Fingerabdrucke!«

»Sind sie sehr deutlich?«

Das Gesicht des Detektivs wurde länger.

»Sonderbar! Ich sehe nichts.«

»Am Ende erklärt das das Beisein der Kinder. Oder sind die Spuren von Kinderhänden ebenso deutlich erkennbar?«

»Das ist eine ganz tolle Geschichte!«

»Führen die Spuren denn bis zur Treppe?«

»So weit ich gestreut habe.«

»Wie weit ist das?«

»Leider nur den Korridor entlang!«

»Das ist aber ungeschickt, mein Herr! – Da scheinen Sie ja Verdacht auf eine ganz bestimmte Person zu haben.«

Der Detektiv machte ein sehr dummes Gesicht.

»Haben Sie die ganze Nacht darauf verwandt?«, fragte sie weiter. »Sie sehen stark übermüdet aus.«

Das klang so spöttisch, dass der Detektiv sagte: »Sie vergessen, dass ich in Ihrem Interesse arbeite.«

»Was zunächst den Verlust einer wertvollen Nadel zur Folge hat.«

»Nadel und Dieb werde ich zur Stelle schaffen!«, versicherte der Detektiv, verbeugte sich und ließ Kornelia, die über ihren Erfolg stark belustigt war, zurück. Sie setzte sich an den Schreibtisch und schrieb an Dr. Kargert:

Lieber Freund!

Der Detektiv, den Sie mir geschickt haben, ist ein Trottel! Bitte berufen Sie ihn sofort ab und überlassen Sie alles Weitere mir. Herzlich ergeben

Ihre Kornelia.

Der Detektiv ging auf sein Zimmer und schloss sich ein. Er nahm Bart und Brille ab, wusch sich und traute seinen Augen nicht, als er im Begriff, ein paar Toilettengegenstände aus der Tasche herauszunehmen, auf die Nadel Kornelias stieß.

Er erschrak aber noch mehr, als er, ohne es zu wollen, plötzlich laut vor sich hinsagte: »Diese Frau ist mir überlegen!«

Er tat die Nadel in eine Schachtel und schrieb:

Sehr   Verehrte!
Hier ist zunächst einmal die Nadel, die ich dem Diebe persönlich abnahm! – Den Dieb selbst überantworte ich

Ihnen   später.
In aller Hochachtung

   Dr. Sievers.

   Kornelia saß vor Brief und Schachtel, ohne recht zu
wissen, was sie damit anfangen sollte. Aber ein unbe-
hagliches Gefühl beschlich sie doch; und so ungern sie
Schloss Vestrum auch nur auf kurze Zeit den Rücken
wandte – – an diesem Vormittag wäre sie am liebsten
auf Wochen, gleichviel wohin, gefahren.

Fünftes Kapitel.

   Statt den Spuren, die das Mehl wies, nachzugehen und
Nachforschungen in den Arbeiterhäusern, in denen
Kinder waren, anzustellen, benutzte der Detektiv an diesem Tage jede Minute, die er sich von Kornelia unbeo-
bachtet glaubte, um Nachforschungen in ihrem Boudoir
und Schlafzimmer anzustellen.

   Auch Kornelia gab sich Mühe, ihn nicht aus den Augen
zu verlieren. Nachmittags aber hatte sie plötzlich seine
Spur verloren, und niemand im Schloss wusste zu sagen, wo er geblieben war.

   Die eigentümliche Methode des Detektivs, dem Diebe
auf die Spur zu kommen, war der Amme, der Einzigen,
die Kornelia ins Vertrauen gezogen hatte, sofort aufgefallen.

   »Man hat den Eindruck, er sucht keine Person, sondern
eine Sache!«, hatte sie zu Kornelia gesagt, die daraufhin
unbeherrscht erwidert hatte: »Das ist's ja, was mich so
beunruhigt.«

Das war durchaus richtig beobachtet. Der Detektiv suchte Türen, Fußböden, Decken und Wände in Kornelias Zimmer ab, beklopfte und befühlte alles und fand schließlich einen unter der Tapete verborgenen Knopf, auf den er drückte. Im selben Augenblick öffnete sich eine Tapetentür, die in einen tief in die Wand gebauten Schrank führte, behutsam trat er ein, schloss hinter sich die Tür, zündete ein Streichholz an, sah, dass eine elektrische Anlage da war, schaltete sie ein und stand einer Sammlung aller möglichen Gegenstände gegenüber, unter denen sich auch das Dr. Kargert abhandengekommene Etui befand. –

An diesem Abend hätte Kornelia die Amme, die sie sonst um sich hatte, bis sie im Bett lag, am liebsten die ganze Nacht bei sich behalten. Dass von dem Detektiv niemand mehr etwas gesehen oder gehört hatte, beunruhigte sie so stark, dass sie sich, statt schlafen zu gehen, angezogen auf die Chaiselongue legte und sich durch Lesen eines Romans wachzuhalten suchte. Schließlich schlief sie doch ein und mochte etwa eine Stunde lang geschlafen haben, als ein Geräusch, das dem Knarren einer Tür glich, sie erwachen ließ. Ein heller Lichtschein fiel mitten ins Zimmer. Erschrocken fuhr sie auf und sah entsetzt, wie sich die Tür ihres Geheimschranks, aus dem der Lichtschein fiel, langsam ins Zimmer schob. Sie saß, jeden Nerv gespannt, und starrte auf das Bild, das sich ihr bot. Aus dem erleuchteten Schrank, der ihren geheimsten Kummer barg, trat mit jenem teuflischen Lächeln, das dem des Detektivs glich, Johannes van Gudry. In der Hand den künstlichen Bart und die Brille haltend, kam er, langsam vorwärtsschreitend, auf sie zu. Kornelia wollte zur Abwehr die Arme heben, aber ihre Glieder waren gelähmt, sie brachte sie nicht in die Höhe, sie wollte schreien, aber sie bekam keinen Ton heraus.

Johannes van Gudry stand jetzt dicht vor ihr.

Etwas Unwirkliches hatte das Ganze, und sie suchte sich in den Glauben zu zwingen, dass alles dies nur ein Traum sei.

»Ich habe um Entschuldigung zu bitten«, begann er und suchte Teilnahme in seine Stimme zu legen. »Meine Absicht war, Ihnen zu helfen. Hätte ich gewusst, dass sie selbst – niemals hätte ich es gewagt, in dieser Verkleidung bei Ihnen einzudringen.«

»Ich ... glaube ... Ihnen ... nicht!« stieß Kornelia mühsam hervor.

»Ich will Ihnen beweisen, dass ich es ehrlich meine: wenn ich Sie angesichts dieser Entdeckung« – – und dabei wies er auf den hellerleuchteten Schrank – – »um Ihre Hand bitte, dann ist dies Geheimnis bei mir so tief und so sicher bewahrt wie bei Ihnen.«

»Wa ...?«

Kornelia fuhr entsetzt zurück. Aber Johannes fuhr, ohne darauf zu achten oder auch nur den Tonfall zu ändern, fort: »Sie werden meinen Namen tragen, und ein van Gudry hat die Unbeflecktheit seines Wappenschildes genau so zu wahren, wie ein van Vestrum.«

»Nie!«, rief Kornelia. »Nie! – Um diesen Preis! – dann lieber ...«

»Sprechen sie es nicht aus!« fiel er ihr ins Wort. »Sie haben die Wahl, neben mir ein standesgemäßes Leben zu führen oder ...«

»Oder?«, fragte sie ängstlich

»Ersparen sie es mir!«

»Reden Sie!« drängte Kornelia.

»Es widerstrebt mir.«

»Ich will es wissen!«

»Sind Sie wirklich so weltfremd?« wieder wies er auf den Schrank – »Sie haben gestohlen!« –

Kornelia zuckte zusammen.

»Nicht einmal! Ein Dutzend Mal! Die dummen bürgerlichen Gesetze belegen das mit Gefängnis!«

Kornelia wurde blass und schloss die Augen.

»Damit haben Sie sich außerhalb der menschlichen Gesellschaft gestellt. Und wenn Sie für Ihre Person sich damit vielleicht auch abfinden – – – Sie haben einen Jahrhunderte alten Namen zu verteidigen!«

»Schweigen Sie!«, rief Kornelia und sprang auf.

»Ich habe mir lediglich erlaubt, Ihnen die Situation zu schildern, in der Sie sich befinden und aus der ich Sie befreien möchte.«

Kornelia wusste, dass es für sie nichts mehr zu hoffen gab. Die Wahl, vor die sie sich gestellt sah, schloss jede Überlegung aus. Eins war so unmöglich wie das andere. Noch einmal versuchte es Johannes mit Güte. Er fand warme Töne, sprach von starker Sympathie und dem Ausblick auf ein glückliches Leben, das sie zusammen führen würden, und einen Augenblick lang schien es, als wenn Kornelia zu ihm hinneigte. Sie sah ihn an, als wollte sie sich vergewissern, ob er es ehrlich meinte und ob es aus dem Herzen kam, was er ihr sagte, sodass Johannes neue Hoffnung schöpfte, ganz nahe an sie herantrat, ihre Hand nahm und leise sagte: »Ihnen fehlt ein Mann mit starkem Willen, der sie seine Kraft fühlen lässt – – in allem! Auch in der Liebe!«

Er beugte sich zu ihr, sein Atem berührte sie, er wollte sie eben an sich ziehen, da wandte sie sich entsetzt zu ihm um, sah sein triumphierendes Gesicht, stieß ihn von sich und rief: »Widerwärtig sind Sie mir!«

Er lachte spöttisch und meinte: »Darauf kommt es jetzt nicht an! – Wenn Sie sich weigern – – gut! So zwinge ich Sie!«

Er trat wieder auf sie zu, packte sie beim Handgelenk. Mit Anspannung aller Kraft riss sie sich los, stürzte zum Fenster und kletterte, ohne an etwas anderes zu denken, als von ihm loszukommen, die Wand des Hauses hinab.

Johannes war im ersten Augenblick zu verblüfft, um ihr zu folgen. Draußen schlug der Barsoi an, und der Dackel hatte sich unter das Bett verkrochen. Johannes überlegte einen Augenblick lang, schloss dann hastig den Geheimschrank, stürzte zum Fenster, sah in der mondhellen Nacht Kornelia über den Rasen zum Gittertor laufen, schwang sich zum Fenster hinaus, kam zu Fall, richtete sich schnell wieder auf und folgte ihr.

Sechstes Kapitel.

Peter Last handelte in Allem genau nach den Anweisungen, die ihm Johannes van Gudry gab. Der war in jener Nacht mit der zu Tode gehetzten Kornelia, die er sehr bald eingeholt hatte, in ein Café geflüchtet. Dort hatte er der bis zur Widerstandslosigkeit Erschöpften zunächst einmal klargemacht, dass allein in einem Eingehen auf seine Wünsche für sie Rettung lag.

»Mir bleibt als Letztes noch immer ein Ausweg!«, hatte sie gesagt.

»Sie meinen, freiwillig aus dem Leben zu gehen?«

Sie nickte nur.

»Nein!«, sagte Johannes und schüttelte den Kopf. »Damit wäre Ihnen ganz und gar nicht geholfen. Im Gegenteil.«

Sie sah fragend zu ihm auf.

»Denn dann würde es heißen«, fuhr er fort, »dass Sie aus Furcht vor Strafe sich dem irdischen Richter entzogen hätten. Und mir und aller Welt wäre die Möglichkeit gegeben, Ihre Verfehlungen ins Tausendfache zu steigern. Und der Name van Vestrum wäre mit ewiger Schmach beladen.«

Kornelia in ihrer Verzweiflung hatte jetzt nur den Wunsch: wenn er mich doch umbringen würde!

van Gudry fuhr fort: »Sie dürfen froh sein, an mich geraten zu sein.«

Das schien ihr derart wider jede Logik und Vernunft zu sein, dass sie zum ersten Male zu ihm aufsah und aus erstaunten Augen fragte: »Was bedeutet das?«

»Jeder Andere würde Ihre Notlage ausnutzen. Sie werden freiwillig meine Frau sein – oder Sie werden es nicht sein. Niemals werde ich Gewalt anwenden.«

Zum ersten Male atmete Kornelia frei auf, und indem sie die zitternde Hand auf den Tisch legte, im selben Augenblick aber, in dem er danach greifen wollte, auch schon wieder zurückzog, hauchte sie: »Ich danke Ihnen!«

Johannes, der feststellte, dass Kornelia, vor einer Stunde noch Schlossherrin auf Vestrum, durch ihn jetzt ärmer und hilfloser als der letzte Bettler, aus aufrichtigem Herzen zu ihm aufsah und ihm dankte, musste lächeln.

»Ich will im Gegenteil versuchen«, fuhr er fort, »Ihnen zurückzuhelfen.«

»Warum dann erst ...?«

»Ich verstehe durchaus Ihre Zweifel,« fiel er ihr ins Wort »aber Sie vergessen, dass, wenn ich als Amateur in Gestalt des Detektivs auftrat, dass nur geschah, um Ihnen, die ich liebte, nahe zu sein.«

Kornelia zuckte zusammen.

»Nie hat mir jemand meine Brieftasche gestohlen ...«

»Wie?«

»Ich habe mir das konstruiert, weil ich so die Möglichkeit hatte, mich bei Ihnen einzuführen. Ich musste einen Weg finden, in Ihrer Nähe zu sein. Die Liebe heiligt jedes Mittel, das uns den Gegenstand unserer Liebe näherbringt. Meine Motive waren lauter. Wenn die Verhältnisse dann stärker waren als ich, so machen Sie mich nicht dafür verantwortlich.«

Kornelia berührte seine Aufrichtigkeit stark.

»Was ich dann sah«, fuhr Johannes fort und verfolgte genau den Eindruck, den seine Worte machten, »war gewiss nicht gerade ritterlich – ich gebe es zu. Aber den Augenblick, in dem ich die Möglichkeit sah, Sie zu mir zu bringen, ungenutzt zu lassen, ging über meine Kraft. Wir beide werden es nun büßen müssen.«

Eine Weile lang schwiegen beide. Johannes schien in Gedanken versunken. In Wirklichkeit beobachtete er Kornelia und suchte jeden ihrer Gedanken zu erraten. Minuten vergingen, da sagte sie halblaut vor sich hin: »Ich werde nie zurückkehren können!«

»Es hängt nur von Ihnen ab.«

Sie sah ihn groß an: »Von mir? – – wo doch ...« sie brachte es nicht über die Lippen und senkte den Kopf.

Er aber wusste, was gemeint war. Sie sah sein überlegenes Lächeln nicht.

»Sie haben recht«, sagte er, »hätte ich nur die Tür nicht offen stehen lassen; aber mir war es in diesem Augenblick, nur um Sie zu tun.«

»Ich versinke, wenn ich daran denke und mir vorstelle ...«

»Quälen Sie sich nicht!«, sagte er, griff nach ihrer Hand und suchte sie zu beruhigen. »Wir werden Mittel und Wege finden.«

Jetzt zum ersten Male sah sie vertrauensvoll zu ihm auf, und da ihm nichts von dem, was innerlich in ihr vorging und äußerlich in irgendeiner Form Ausdruck fand, entging, so nahm er auch wahr, dass ihre Hand, die er noch immer hielt, vielleicht ohne dass sie es wusste, zwar nur leise, aber für ihn doch merkbar, seinen Druck erwiderte. Und auf seinen fragenden Blick hin schob sie jetzt auch den Kopf nach vorn, sah ihn an und sagte: »Bitte!«

Es war der Augenblick, auf den er gewartet hatte. Zugleich mit dem Wunsch und dem Willen erwachten auch Hoffnung und Vertrauen. Er wusste, was dieses »Bitte!« mit dem sie sich jetzt beinahe mit dem Herzen an ihn wandte, zu bedeuten hatte. Er stand auf und sagte:

»Ich will es versuchen. Ist es noch nicht entdeckt, so schließe ich den Schrank, und Sie kehren zurück. Mich werden sie dann, sofern Sie nicht selbst den Wunsch äußern, nicht wiedersehen.«

Jetzt war es Kornelia, die aufsprang und seine Hand nahm.

»Wie soll ich Ihnen danken? – Eilen Sie! – Nehmen Sie mich mit!«

Johannes warf ein Goldstück auf den Tisch, nahm Kornelia bei der Hand, führte sie hinaus.

»Und Sie glauben, dass Sie mir gut sein könnten?«, fragte Johannes, als sie im Wagen saßen.

Sie hatte sich in ihrer Furcht, Hoffnung und Ungeduld an ihn gelehnt – jetzt fuhr sie zusammen: »Nein! Nein!« rief sie. »Ich liebe Kargert. Auch wenn Sie mir helfen und gut sind – Sie müssen es wissen! – – Aber als Freund, nicht wahr? – Ich glaube Ihnen, ich vertraue Ihnen! – und Ihre Liebe werden Sie überwinden – nur erst zurück muss ich sein. – Sie werden es ihm nicht sagen – und nie, nie wieder werde ich mich vergessen – da!« – Sie wies auf ein Licht, das am Tor des Schlosses leuchtete, – »steigen Sie aus! Eilen Sie!«

Er ließ halten, sprang aus dem Wagen, schwang sich über das Gitter, lief über den Kies, Hunde schlugen an, er blieb stehen. – – Kornelia horchte auf, ihr Herz stand still. – Johannes überlegte: Für den Augenblick und unter dem Druck der Verhältnisse vertraute sie ihm. Aber was war morgen? – Er musste an die Spange denken; an das überlegene Manöver, mit dem sie ihn beinahe erledigt hatte! Sollte er sich jetzt, wo er sie sicher hatte, auf einen unsicheren Versuch einlassen? – Er überlegte, lächelte und sagte: »Nein!«, setzte sich auf einen Baumstamm, wartete ein paar Minuten, ohne sich zu rühren, brach dann geräuschvoll einen Ast, schlürfte über den Kies, warf in der Richtung, von der aus lautes Hundegebell erscholl, einen Stein – eine Scheibe klirrte, hinter Fenstern brannte Licht – schwang sich über das Gitter zurück auf die Straße, zerfetzte sich den Rock, stürzte in den Wagen, tat erhitzt, atemlos, erregt, hauchte: »Es war zu spät! – Wenn wir nur entkommen!« und fühlte, wie Kornelia seine erheuchelte Furcht teilte und in der gemeinsamen Gefahr so nahe an ihn heranrückte, dass sie sich berührten.

Er lächelte – wie immer, wenn er mit sich zufrieden war.

Siebentes Kapitel.

In Schloss Vestrum stand man dem Verschwinden Kornelias und des Detektivs völlig verständnislos gegenüber.

Der schon am frühen Morgen benachrichtigte Dr. Kargert unterzog die Dienerschaft einem ergebnislosen Verhör. Außer dem Wächter hatte niemand etwas gehört. Die Hunde hatten gegen Morgen angeschlagen, ein Fenster im Schloss war durch einen Steinwurf zertrümmert. Aber das war kein besonderer Vorgang. Auf der Landstraße trieb sich des Nachts viel Gesindel herum. –

»Zu alledem kommt noch«, sagte der Advokat », dass Herr van Gudry seit gestern geschäftlich in Frankreich ist und uns daher nicht beistehen kann. Ich weiß nicht einmal, von wo er den Detektiv hat.«

»Und er ist nicht erreichbar?«, fragte die Amme.

»Schwer! Er reist umher und will erst in Wochen zurück sein!«

»Am Ende war der Detektiv ein Verbrecher.«

»Wie kommen Sie darauf?«

»Jedenfalls hatte Fräulein Kornelia kein Vertrauen zu ihm!«

Aber je mehr man forschte, umso rätselhafter wurde der Fall. Auf Anschläge und Inserate hin, in denen hohe Belohnungen zugesichert wurden, meldeten sich unzählig viele Menschen, die alles Mögliche beobachtet hatten. Von einer Frau, die mondsüchtig über Dächer gewandelt war, von einem rasenden Auto, aus dem ein blonder Frauenkopf herausgeschaut und wie rasend um Hilfe geschrien hatte, von einem Betrunkenen, der eine junge Frau an den Haaren durch die schmutzige Gosse gezerrt hatte, und schließlich von einer blau und grün angelaufenen Wasserleiche war die Rede, deren Beschreibung ebenso gut auf Kornelia wie auf jede andere Frauensperson passte.

Auch im Hause Johannes van Gudrys forschte Dr. Kargert nach, und Peter Last stellte sich ihm mit großer Bereitwilligkeit zur Verfügung. Er lief sämtliche Polizeibüros und Detekteien ab, war Tag und Nacht unterwegs und förderte als aller Weisheit letzten Schluss am Ende Folgendes zutage:

Der Detektiv sei der bekannte Privatdetektiv Dr. N. F. Sievers gewesen, was Dr. Kargert durch die Karte, die man im Schlosse fand und von der Peter Last ja nichts wissen konnte, bestätigt fand. Eins der bekanntesten und gefürchtetsten Mittel, mit denen dieser Detektiv arbeite, sei die Hypnose. So zuverlässig er in der Arbeit sei, so gewissenlos sei er im Verkehr mit Frauen. Er scheue, sobald es sich um den Besitz einer Frau handle, vor keinem Mittel zurück. Da er aber jeder Frau, sobald er sie erst besessen habe, in kürzester Zeit überdrüssig werde, so sei nach den gemachten Erfahrungen – dieser Fall sei typisch und durchaus nichts Besonderes – die Rückkehr der enttäuschten Kornelia in absehbarer Zeit zu erwarten.

Diese Auskunft wirkte auf die Amme beruhigender als auf Dr. Kargert. Ihr war schon gedient, wenn sie nur hoffen konnte, dass Kornelia eines Tages zurückkehren würde. Ihrer Sorgfalt würde es schon gelingen, sie wieder aufzurichten und sie vergessen zu machen, was sie erlebt und erlitten hatte. – Kargert, der sie liebte, sah tiefer. Er sagte sich, dass sie auch, wenn sie zurückkehrte, für ihn verloren war. Denn erlag sie, woran kaum mehr zu zweifeln war, dem Einfluss dieses verbrecherischen

Detektivs, so würde sie die Scham nie überwinden und noch zurückhaltender und noch verschlossener sein, als sie es so schon war.

Der Detektiv Sievers war nach den Informationen, die Peter Last für hohe Beträge gesammelt hatte, nach Spanien gefahren. Mit Kornelia, was für ihn außer Zweifel stand, was der Amme bei Kornelias oft sonderbarem und daher der Hypnose besonders zugänglichem Wesen einleuchtete, und was selbst Kargert, schon des Fehlens eines jeden anderen Anhaltpunktes wegen, wenn auch nicht gerade für wahrscheinlich, so doch zum Mindesten nicht für ausgeschlossen hielt.

Und wenn auch die Polizei sämtlicher Länder und die renommiertesten Detekteien beider Welten mit der Verfolgung dieses Falls betraut und durch Aussetzung besonderer Prämien und Honorare zu außergewöhnlichster Leistung angeregt wurden, so wirkte das Unvermögen, mangels jeden Anhaltspunktes auch nur den Schatten eines Lichts in die Angelegenheit zu bringen, doch so lähmend auf alle unmittelbar und gefühlsmäßig Beteiligten, dass sie eine Klärung und die damit erhoffte Rückkehr Kornelias schließlich weniger von ihrer und der Behörden Tätigkeit erwarteten, als vielmehr von Zeit und Schicksal, das sich, unabhängig von ihrem Willen, erfüllen musste.

Achtes Kapitel.

Mit seinem Manöver hatte Johannes van Gudry erreicht, dass Kornelia ohne jedes Widerstreben, ja wie selbstverständlich, mit ihm ausgestiegen war und sich in einer seiner Wohnungen, die irgendwo im Norden der

Stadt lag, ein Zimmer hatte anweisen lassen, das alles andere als freundlich und behaglich war.

Auch die alte Frau, die er ihr als Bedienung brachte, flößte wenig Vertrauen ein.

»Bis wir eine Form für Ihre Rückkehr gefunden haben, ist es notwendig, dass nur zuverlässige und uninteressierte Menschen, die nicht neugierig sind, nichts fragen und niemandem Auskunft geben, um Sie sind«, sagte er. »Hier vermutet Sie niemand. Die Frau ist nur für Sie da. Jenseits des Flurs wohne ich mit meinem Diener und stehe Ihnen jederzeit zur Verfügung.«

Auf Kornelia wirkte zunächst das Gefühl der Sicherheit und der Glaube an Gudrys Takt und guten Willen beruhigend. Daher litt sie denn auch nicht übermäßig unter dem ungewohnten Milieu, das sie, voll von Gedanken, Plänen, Erwartungen, kaum beachtete.

Und Johannes van Gudry umgab sie mit allem, was sich ein anspruchsvoller Mensch wünschen konnte. Dabei blieb er ihr selbst gegenüber zurückhaltend und sprach – was ihr Ruhe gab und Achtung abnötigte – nie mehr von Wünschen und Gefühlen, die ihn und sie betrafen. Aber mit einer Meisterschaft, die sie nicht einmal die Absicht spüren ließ, hielt er in ihr den Eindruck wach und vertiefte ihn, dass ihre Situation verzweifelt und, wenn überhaupt, dann nur durch ihn zu retten sei.

Schon am zweiten Tage durfte er so, dass es in ihre Stimmung passte, zu ihr sagen: »Bin ich Ihnen noch immer so unsympathisch?«

Aus voller Überzeugung erwiderte sie: »Nein!«

»Man soll Menschen nie nach dem ersten Eindruck beurteilen!«

»Ich hatte Furcht vor Ihnen.«

»Und nun?«

»Nun habe ich beinahe Vertrauen.«

»Ich befürchte, dass dies Vertrauen, das ich als meinen einzigen Lohn betrachte, nicht dazu beitragen wird, Ihre Leidenszeit hier zu verkürzen.«

»Wie soll ich das verstehen?«

»Niemand außer Ihnen weiß, dass ich der Detektiv war. Nehmen Sie an, es wäre ein pathologischer Verbrecher, der in der Maske irgendeines Ihrer Landarbeiter aus krankhafter Veranlagung oder aus Sport – auch das gibt es – seit Langem in Ihrem Hause herumspukt.«

»Zu welchem Zweck?«, fragte Kornelia.

»Einmal braucht man bei einem Kranken nicht nach logischen Gründen zu forschen, tut man es aber, was liegt dann näher, als dass dieser Verbrecher systematisch darauf ausging, Sie in seine Gewalt zu bekommen? Was mir der Zufall in die Hände spielte, könnte das Meisterstück eines abgefeimten Verbrechers sein.«

»Sie meinen, dass ein Anderer alles dies tat, um mich zu belasten und dann ...?«

»Gewiss! – Ich sehe keinen anderen Ausweg.«

»Und wer sollte sich dazu hergeben?«

»Peter Last.«

Kornelia sprang auf und ergriff seine Hand.

»Der täte das?«

»Es hinge von mir ab. – Er ist meine Kreatur; glaubt an mich; tut, was ich ihm befehle.«

»Ja – – und weiter!« drängte Kornelia.

»Das eben ist es, was zu sagen mir widerstrebt.«

»Sie dürfen mir Alles sagen, Herr van Gudry!« Zum ersten Male nannte sie seinen Namen.

»Unserer Tragödie fehlt der Held. – Der Mann, der Tag und Nacht umherjagt, den Zusammenhängen nachspürt und schließlich Licht in den mysteriösen Fall bringt – – Sie verstehen, Fräulein Kornelia, dieser Mann könnte nur ich sein!«

Kornelia begriff.

»Da ich nun aber von Beruf weder Kommissar noch Detektiv bin, so könnte der Anlass, um glaubhaft zu wirken, kaum etwas anderes als« – – er machte eine Pause – – »eine große Liebe sein.«

Kornelia zuckte zusammen.

»Der, und nur der würde man es glauben. Denn sie allein findet gefühlsmäßig den Weg, wo selbst letzte Weisheit versagt.«

»Das heißt mit anderen Worten, dass Sie und ich ...«, sagte Kornelia und schloss die Augen.

»Ja! – – Sie müssten sich dazu bekennen, meine Braut zu sein.«

Kornelia zitterte und entzog ihm die Hand.

»Also doch!«, sagte sie und sah ihn forschend an.

Johannes schüttelte den Kopf.

»Wenn Sie mit dem Gefühl nicht dabei sind! Nein! Ich bin Ihnen widerwärtig.«

»Nein! Nein!!!« widersprach sie lebhaft und aus Überzeugung.

»Ich verzichte auf Schonung und finde mich damit ab! Sie lieben lammsanfte Männer wie diesen Kargert; Geschmacksache! Mir liegt es nicht, den Troubadour zu spielen und im Mondschein vor Ihrem Fenster zu schmachten. Aber, wenn der Teufel Sie eigenhändig zu seiner Großmutter verschleppt, dann pauke ich Sie heraus oder ich sterbe an Ihrer Seite.«

»Sie verkennen Kargert.«

»Sie brauchen einen *Mann*! Keine *Memme*! Oder glauben Sie, dass Kargert die Kraft oder auch nur den Wunsch hat, auf Ihren Willen einzuwirken? – Zwei eiserne Fäuste müssen dauernd drohend vor Ihren Augen stehen! Sie müssen ständig in dem Gefühl leben, dass diese zwei Fäuste im selben Augenblick, in dem Ihre Hand nach etwas Fremdem greift, auf Sie niederrasseln. Sie müssen Ihren Trieb einem fremden Einfluss entgegenstellen, der stärker ist und nur von einem Manne herrühren kann, der ein Recht auf Sie hat.«

Kornelia schämte sich. Sie hatte das Gefühl, als stände sie von allem entblößt, womit sie sorgsam den Menschen gegenüber sich umkleidete, vor Johannes. Sie senkte den Kopf und sagte: »Quälen Sie mich nicht!«

Und zugleich erschrak sie über die Schärfe, mit der dieser Johannes van Gudry beobachtete.

»Ich will Ihnen im Gegenteil Ruhe geben«, erwiderte Johannes. »Es gibt für Sie nur ein Entweder – Oder. Im

Zusammenleben mit einem Menschen wie Kargert zerfallen Sie nur immer tiefer mit sich selbst und treiben unrettbar der Katastrophe zu. Ein Dr. Kargert, der eines Tages Ihr – nun, nennen wir es mal: zweites Gesicht sähe, würde nicht das menschliche Verstehen aufbringen wie ich, sich vielmehr voll Abscheu von Ihnen abwenden oder Sie in eine Anstalt sperren.«

»So hören Sie auf, mich zu quälen!« wiederholte Kornelia.

Aber Johannes fuhr fort: »Sie dürfen die Augen nicht vor sich selbst verschließen. Ein Verbrecher, der sich zu seinem Gewerbe bekennt, ist ehrenhafter als eine Dirne, die sich mit einem Heiligenschein umgibt. Eine Ehe zwischen Kargert und Ihnen kann sich nur auf einer großen Lüge aufbauen. Sie werden, in ständiger Furcht, entdeckt zu werden ...«

»Warum sagen Sie mir das alles?«, unterbrach ihn Kornelia. »Alles das weiß ich und wäre, wenn es anders wäre, längst seine Frau.«

»Bringen Sie es nicht über sich, Ihr Leben in meine Hand zu legen, so bekennen Sie sich wenigstens zu dem, *was Ihre Natur ist.*«

»Sie meinen, ich sollte ...«, sagte sie zaghaft und sah zu ihm auf, als wenn sie sagen wollte: »Das kann doch nicht Ihr Ernst sein!«

»Niemand ist für seine Veranlagung verantwortlich.«

»Nicht wahr? Das habe ich mir oft gesagt!«

»Wem das Gemüt einer Taube beschert ist, hat es leicht, mit gefalteten Händen im Kirchstuhl zu sitzen; in wessen Adern aber das Blut von Rittern oder Zigeunern fließt ...«

Kornelia entfärbte sich, sprang auf.

»Mir fällt es nicht ein«, fuhr van Gudry fort, »Leidenschaften zu unterdrücken, die mir überkommen sind. Gesetze, die ihre Existenz der Furcht und Feigheit besorgter Bürger verdanken, existieren für mich nicht! Ich tue, was mir gefällt, und kümmere mich den Teufel was um das Urteil der Menschen!«

»Das täten Sie?«, sagte Kornelia laut und hatte zum ersten Male ein menschliches Gefühl für ihn.

»Für jede Leidenschaft, die ich mehr hätte, wäre ich Gott dankbar! Denn schließlich sind es ja doch nur die Leidenschaften, die unserem Leben so etwas wie Gehalt und Poesie geben.«

»Sie dächten also gar nicht daran, dagegen anzukämpfen?«

»Ich würde sie pflegen, leidenschaftlich! – Und ich will Ihnen verraten, dass es bei mir nicht nur Theorie ist, sondern, dass mir von den Raubrittern, meinen Ahnen, Eigenschaften überkommen sind, die den Ihren verteufelt ähnlich sehen.«

Kornelias Augen glänzten. Das Bild der Zigeunerin stand plötzlich vor ihr. Die Augenlider halb gesenkt, sah es sie schmunzelnd an, lächelte verschmitzt und schien zu sagen: »Siehst du, dem solltest du folgen!«

»Allerdings, ich habe meine Spezialität! Alte Bilder!« fuhr er fort, »Wenn Sie irgendwo von einem großen Bilderdiebstahl lesen, bei dem der Täter unermittelt bleibt, so können Sie darauf schwören, dass ich es bin.«

Und nun schilderte er mit einer Leidenschaft, die ihn selbst in Erstaunen setzte, die großen Freuden und starken Gemütsbewegungen bei der Ausführung seiner Meisterstücke. Dabei ließ er Kornelia nicht aus den Augen.

Sie stand mit weit geöffneten Augen da, hing an seinem Mund, krallte die Nägel in die Hände und packte ihn, als er eben, bildhaft vollendet, den Diebstahl in einer Gemäldegalerie beschrieb – wie er, ohne jede Absicht, nur des ästhetischen Genusses wegen durch die Säle ging, in einem Raume etwa ein Dutzend Menschen vor einem kleinen Bilde Bellinis stehen sah, das er aus Abbildungen und Beschreibungen schon lange liebte – wie die Sehnsucht ihn packte, das Bild zu besitzen, wie langsam erst, dann intensiver etwas in ihm dagegen ankämpfte und ihn zum Ausgang trieb, wie er sich umwandte und die Augen der Saaldiener auf sich gerichtet sah; wie deren Argwohn ihn von Neuem reizte und trieb, wie ihm im selben Augenblick auch schon die Erleuchtung kam, er die Arme hochwarf, in den Nebenraum stürzte, Saaldiener und Publikum hinter ihm her, wie er von der Wand irgendeinen alten Meister riss und ihn einer hysterischen Frau, die schreiend neben ihm stand und die er nie zuvor gesehen hatte, in den Arm warf und ihr zurief: »Festhalten!« – wie die, gleichsam hypnotisiert, das Bild umklammerte, wie Saaldiener und Publikum aus allen Sälen zusammenliefen und sich auf die harmlose Frau stürzten, während er in aller Ruhe den Bellini von der Wand des nun völlig menschenleeren Raumes nahm, ihn unter dem Mantel verbarg und ungehindert damit ins Freie gelangte – wie er das voller Leidenschaft erzählte, da setzte auch Kornelia dem vererbten Triebe keine Hemmung mehr entgegen, sie sprang auf, nahm Johannes, der noch ganz im Erleben des erzählten Vorganges war, am Arm und bettelte:

»Ich auch – – ich will auch! Nehmen Sie mich mit!« Johannes sah lächelnd auf sein Opfer, das arglos die Arme auf seine Schultern legte, ihn ansah und wie ein Kind um ein Spielzeug bat.

»Es gibt nichts Schöneres, nichts, was die Nerven mehr aufpeitscht«, fuhr Johannes fort. »Jedes Spiel, jeder Sport, jede Musik, jedes Narkotikum verblasst daneben, weil es anstelle der Ohnmacht das Gefühl der Macht und Überlegenheit setzt. Denken Sie sich, Kornelia, Sie ständen in einem Ballsaal inmitten von Hunderten geputzter Menschen. Sie allein gegen Alle! Sie nähmen während des Tanzes vom Halse einer Frau, so sanft, dass die Fingerspitzen nicht einmal die Haut berühren, die kostbarste Kette und halten im selben Augenblick auch schon Millionen Werte in Ihren Händen! Um was sich die emsigsten und gescheitesten Menschen ihr Lebenlang quälen, das ist für Sie die Tat eines Augenblicks, einer einzigen, genialen Handbewegung. – – Reif für das Tollhaus wären Sie, wenn Sie Ihre Gaben nicht nutzten, für die Sie denen auf Knien danken sollten, die sie Ihnen vererbten. Jedes Genie hat das Recht, sich auszuleben – ob zum Schaden oder Nutzen der Menschheit, geht das Genie nichts an. Hat Napoleon danach gefragt? Oder hat sich je die Menschheit um das Genie gekümmert? Die Verpflichtung bestände nur, wenn sie gegenseitig wäre!

Ein Rembrandt, ein Verlaine verreckten im Rinnstein, ohne dass eine Hand sich für sie rührte. Seine Leidenschaft ausleben, darin liegt letzte Lebensweisheit!«

»Ich fühle wie Sie!« erwiderte Kornelia. »Geben Sie mir Gelegenheit! – – Oder glauben Sie, dass nur Sie ...? Ich wage es mit Ihnen! Gegen Sie! Wie Sie wollen! Ich fürchte mich nicht! Nun schon gar nicht, wo ich nichts mehr zu verlieren habe! Frei bin!«

»Abgemacht!«, sagte Johannes »ich werde Sie heute Abend auf einen Ball führen und Ihnen eine Dame zeigen, deren Halsschmuck berühmt ist.«

Kornelia bewegte nervös die Hände.

»Jetzt müsste es sein!«, sagte sie lebhaft. »Halten Sie mich in Stimmung bis zum Abend! – Warum ist hier kein Flügel? Ich brauche Musik!«

»Frieda!«, rief Johannes, und die alte Frau kam bestürzt und bedreckt herein. »Setz' dich drin ans Klavier und spiel'!«

»Aber das Essen steht auf dem ...«

»Maul halten und spielen! Verstanden!«

Frieda watschelte hinaus, und gleich darauf ertönten in künstlerischer Vollendung die Klänge von Puccinis Bohème.

Kornelia traute ihren Ohren nicht. Sie horchte gespannt zur Tür, war ergriffen: »Wer spielt da?«

»Die Alte!«

»Unmöglich!«

»Sie ist eine Künstlerin, die ich eines Tages bei einem Diebstahl ertappte und zu mir – rettete. Sie dankt es mir ihr Lebelang!«

»Ja ... aber ...«, fragte Kornelia ängstlich.

»Ich habe ihren Willen gebrochen; sie ist mir völlig ergeben und tut, was ich will.«

»Schrecklich ist das!«

»Vor ein paar Jahren noch war sie sehr schön.«

»Und ich? – – was wird aus mir?«

»Eine Königin!«, erwiderte Johannes, nahm ihre Hand und küsste sie, »deren gehorsamer Diener ich ewig sein möchte.«

»Wenn es nur erst Abend wäre!«, sagte Kornelia ungeduldig. Johannes Erzählung und die aufreizende Musik ließen sie nicht lange über ihr Schicksal nachdenken. Sie war völlig von dem Trieb, dem sie, diesmal zum ersten Male bewusst, keinen Widerstand mehr entgegensetzte, beherrscht.

Neuntes Kapitel.

Dr. Kargert hatte von Johannes van Gudry ein Telegramm aus Paris erhalten. Es lautet:

Höre von Kornelia van Vestrums rätselhaftem Verschwinden.
Bin erschüttert, zumal mich mitschuldig fühle.
Habe begründeten Verdacht auf Detektiv, dessen nach
Frankreich weisende Spuren ich verfolge.

Kornelia muss und wird gefunden werden. Sie hören von mir Johannes van Gudry.

Mit diesem Telegramm war Kargert nach Schloss Vestrum geeilt und hatte der völlig gebrochenen Amme, unter Hinweis auf das Telegramm, freudig berichtet: »Wir haben einen Bundesgenossen!«

»Ich werde alle Tage hoffnungsloser«, erwiderte die Amme. »Herr van Gudry meint es gewiss gut, aber wie soll er es anstellen, Frankreich nach unserer Kornelia abzusuchen.«

»Wenn einer es kann, so ist er es. Er hat internationale Beziehungen, ist in London ebenso zu Hause wie in Paris. Vor allem aber hat er den Mut, zu handeln, wenn es darauf ankommt.«

»Sie rechnen nicht mit Kornelias Scham und Empfindsamkeit.«

Damit grade hatte Kargert von der ersten Stunde an gerechnet und gewusst, dass Kornelia auch dann für ihn verloren sei, wenn es ihr eines Tages gelingen würde, sich aus den Händen dieses Detektivs zu retten. Er hatte gegen diesen Gedanken später angekämpft und sich gesagt, dass es ja doch tausenderlei andere Möglichkeiten für ihr Verschwinden gäbe, ohne sich auch nur eine einzige dieser Möglichkeiten vorstellen zu können. Und nun kam die Amme mit eben diesem Einwand, über den er sich grade mühsam hinweggetäuscht hatte.

Unter diesem Eindruck war er verstimmt nach Hause gegangen und hatte ohne besonderes Interesse seine Klienten angehört und ihnen Rat erteilt. Da brachte ihm der Diener eine Karte, auf der stand:

Ehrengard van Jörgens wünscht Sie in Angelegenheit des Herrn Johannes van Gudry dringend zu sprechen.

Er ließ sie sofort vor, und eine tiefverschleierte Dame mit hellblondem Haar, die sehr erregt schien und ihre Ungeduld kaum meistern konnte, trat an seinen Schreibtisch und sagte, ohne dass Kargert auch nur Zeit hatte, sich vorzustellen:

»Wenn Sie wissen wollen, wer Kornelia van Vestrum entführt hat, ich kann es Ihnen sagen!«

»Wir wissen es,« erwiderte Kargert. »Ein Detektiv, dessen Persönlichkeit wir zwar nicht einwandfrei feststellen konnten, dem wir aber bereits auf der Spur sind.«

»Einen Detektiv?«, fragte Frau van Jörgens. »Nun! Ich kann Ihnen verraten, dass Herr van Gudry dahinter steckt.«

Kargert sprang auf.

»Wie kommen Sie darauf?«

»Ihnen scheint nicht bekannt zu sein, dass Herr van Gudry ein internationaler Hochstapler ist.«

»Herr van Gudry ist mein Freund!«

»Sehr unbedacht, Herr Advokat, derartige Freundschaften zu schließen.«

»Ich muss doch bitten ...«

Frau van Jörgens lächelte spöttisch und sagte: »Ich hatte geglaubt, dass er nur auf Frauen so faszinierend wirkt.«

»Mit welchen Beweisen können Sie Ihre unerhörte Behauptung stützen?«

»Der weibliche Instinkt.«

Dr. Kargert zog die Schultern in die Höhe und fragte: »Ist das alles?«

»Es ist das Untrüglichste und Zuverlässigste. Aber wenn es Ihnen nicht genügt – – er selbst hat es mir gesagt.«

»Was?«

»Dass er Kornelia van Vestrum in seine Hände bringen werde.«

»Wann hat er Ihnen das gesagt.«

Frau van Jörgens nannte den Zeitpunkt – oder doch ungefähr.

»Da kannte er sie ja noch gar nicht – oder er hatte sie eben erst kennengelernt.«

»Eins wie das andere besagt nichts. Denn, ihm kam es nicht auf die Frau, sondern auf ihr Vermögen an.«

»Um sich in dessen Besitz zu setzen, wäre der Weg einer gewaltsamen Entführung zum Mindesten ungeeignet. Im Übrigen, ich sagte Ihnen schon, dass als Entführer nur der Detektiv infrage kommt.«

»Der am Ende auch Herr van Gudry war.«

Kargert stand auf: »Gnädige Frau, wenn Sie mich als Klientin in eigner Sache aufsuchen, so stehe ich Ihnen ganz zur Verfügung. Auf derartige Geschichten kann ich mich mit Rücksicht auf die Zeit meiner Klienten« – und dabei wies er auf die Tür zum Sprechzimmer – »leider nicht einlassen.«

Frau van Jörgens schlug den Schleier zurück. Ein bildschönes, wachsbleiches, vergrämtes Gesicht kam zum Vorschein.

»Glauben Sie, eine Frau wie ich würde hierher kommen und aus irgendeiner Laune heraus einen Mann verdächtigen? – Sie behaupten, Johannes van Gudry sei Ihr Freund, Sie glauben, ihn zu kennen! – Denken Sie an mich! Was kümmert mich Kornelia van Vestrum? Ein Opfer mehr oder weniger, wer fragt danach?«

Sie legte den Schleier wieder um und streifte sich die schwarzen Schweden, die sie in der Erregung abgezogen hatte, wieder über die Hände.

Kargert sah sie scharf an, stutzte einen Augenblick und sagte: »Wenn Sie nur irgendetwas Positives wüssten.«

Frau van Jörgen schüttelte den Kopf und sagte:

»Lassen Sie nur. Es hat ja keinen Zweck. Und wenn ich Ihnen den Beweis hier auf diesen beiden Händen brächte – in Form eines Briefes etwa von seiner Hand – er brauchte nur so zu machen« – und dabei machte sie eine kurze Handbewegung – »und Sie glaubten ihm mehr als mir. Mir geht es ja doch genau so. Und am Ende hat er ganz recht, dass er uns seine Überlegenheit fühlen lässt.«

Kargerts Eitelkeit war getroffen.

»Sie irren, gnädige Frau, wenn Sie mich für leichtgläubig halten. Ich glaube, gerade Ihnen den Beweis des Gegenteils erbracht zu haben, wiederholen Sie Ihre Behauptungen in seiner Gegenwart ...?«

»Gern! Geben Sie mir die Gelegenheit!«

»Herr van Gudry ist zurzeit in Frankreich.«

»Woher wissen Sie das?«

Kargert holte das Telegramm hervor und reichte es ihr mit überlegenem Lächeln.

Sie las es und meinte: »Das besagt nicht viel!«

»Nun zum Mindesten doch, dass er in Frankreich ist.«

Sie schüttelte den Kopf und erwiderte: »Wieso?«

Er wies nochmals auf das Telegramm, und zwar auf die Stelle, wo Paris stand.

»Muss er das aufgegeben haben?«, fragte sie.

Da knüllte er das Telegramm zusammen und sagte ärgerlich: »So quer wie Sie kann nur eine Frau denken.«

»Oder ... Johannes van Gudry,« ergänzte sie, verbeugte sich und ging.

Kargert saß noch eine Weile lang in Gedanken, ehe er auf den Knopf drückte und den nächsten Klienten eintreten ließ.

Zehntes Kapitel.

Die blonde Dame, der noch am selben Abend auf dem großen Opernball ihr kostbarer Halsschmuck gestohlen wurde, war niemand anders, als Frau van Jörgens.

Johannes van Gudry war in unkenntlicher Maske, in der ihn selbst Kornelia, als er sie abholte, nicht erkannt hatte, erschienen. Und Peter Last steuerte das Auto, in dem sie mit der kostbaren Beute unauffällig davonfuhren.

Kornelia war anfangs vor Freude ausgelassen wie ein Kind.

»Ich hätte noch einem halben Dutzend anderen Damen den Schmuck abnehmen können«, sagte sie. »Es kribbelt mir noch jetzt in den Fingerspitzen, wollen wir nicht umkehren?«

»Wahnsinn!«, widersprach Johannes. »Fortgehen und wiederkommen fällt doch auf. – Wo ist der Schmuck?«

Kornelia, die hohes Fieber hatte und mit ihren Gedanken längst wieder in dem Ballsaal war, erwiderte: »Ich weiß nicht.«

»Was soll das heißen?«, fuhr er sie an.

Kornelia erschrak. –

»Den Schmuck!« wiederholte er und streckte die Hand aus.

Sie sah erst auf die Hand, dann ihn an. Wie ein Raubtier, das auf der Lauer lag, den Kopf nach vorn gebeugt, saß er da und starrte sie an.

Sie hielt seinen Blick aus und sagte in aller Ruhe: »Herr van Gudry, was soll das?«

Johannes, zitternd vor Wut, fauchte: »Den Schmuck!«

»Sie haben mir ein Vergnügen bereitet«, erwiderte sie, »ich bin Ihnen dankbar! Der Schmuck interessiert mich nicht.«

»Glauben Sie, ich begebe mich Ihres Amüsements wegen in Gefahr?«

»Was wollen Sie mit dem Schmuck?«

»Ihn zu Geld machen.«

»Pfui!«

Johannes lachte laut auf: »Moralische Anwandlungen müssen Sie sich bei mir abgewöhnen. Unser Geschäftsbetrieb erfordert Stimmung! Champagner können Sie bei mir trinken, so viel Sie wollen, und Musik können Sie haben von früh bis in die Nacht! Sie bringen es mir ein! Aber in geschäftlichen Dingen gibt's keine Launen, verstehe ich keinen Spaß.. – Sie gehören jetzt mir! Sind unwiderruflich mir verfallen.«

Kornelia sah ihn entsetzt an: »Sie reden irre!« sagte sie.

Er umspannte die Knöchel ihrer Hand und sagte: »Den Schmuck ... oder ...« Er drückte kräftig zu.

Kornelia schrie auf: »Ich tat es aus Passion!«, rief sie. »Nicht, um mich zu bereichern.«

Sie griff mit der freien Hand in die Tasche, zog den Schmuck heraus und warf ihn aus dem Wagen.

Da stieß er sie roh – sie schlug auf dem Boden – schrie: »Halt!«, sprang heraus, suchte den Schmuck, fand ihn, kroch keifend in den Wagen zurück, hob Kornelia hoch und sagte:

»Sie sind toll, Kornelia! Solange die Welt steht, lebt die Menschheit davon, dass sie sich gegenseitig betrügt und bestiehlt. Die gesetzlich verbotene Form nennt man Diebstahl; gesetzlich konzessionierten Diebstahl nennt man Geschäft – das ist der ganze Unterschied, im Grunde ist alles dasselbe!«

»Ich will nicht!« wehrte sie sich.

»Die Einsicht kommt zu spät. Ich brauche Sie! Es sei denn, dass Sie sich doch besinnen – und meine Frau werden.«

Er legte den Arm um sie und zog sie zu sich.

Sie schluchzte laut und verbarg ihr Gesicht.

»Es muss ja nicht heute sein!«, sagte er und dämpfte die Stimme. »Aber schade wäre es, denn ich finde, wir passen ganz ausgezeichnet zueinander.«

Da schrie sie laut auf wie ein Tier.

Elftes Kapitel.

Nach diesem Abend verfiel Kornelia in Melancholie. Alle Aufmunterungsversuche van Gudrys blieben erfolglos. Sobald er den Gedanken einer Vereinigung, durch die ihr der Weg zur Rückkehr geebnet wurde, auch nur andeutete, verfiel sie in nervöses Schluchzen, das stundenlang anhielt. Er ersann die kühnsten und reizvollsten Abenteuer, um ihre vererbte Leidenschaft anzufachen. Aber sie setzte ihm Widerstand entgegen und sprach von Wandlung und Umkehr – Dinge, über die er laut lachte.

»Es fehlte nur noch, dass Sie in ein Kloster gehen!«, meinte er, und der Blick, mit dem sie ihn daraufhin ansah, war so ergeben, dass es ihm leidtat, den Gedanken ausgesprochen zu haben.

Plötzlich sagte sie: »Eigentlich müsste ich Ihnen dankbar sein.«

»Sie mir?«, fragte er erstaunt.

»Ja«, erwiderte sie. »Denn in jener Nacht, als wir vom Opernball nach Hause fuhren und Sie mir Ihr wahres Gesicht zeigten, habe ich – was ich bisher nie kannte – Furcht vor mir selbst bekommen.«

»Das verstehe ich nicht. Sie müssen deutlicher reden.«

»Auch bei Ihnen war es anfangs gewiss nichts anderes als eine Leidenschaft – genau wie bei mir – und ist dann erst das geworden, was es jetzt ist.«

»Nämlich?«

»Gemeines Verbrechertum!«

»Dass ich Sie nicht ...« – er hob den Arm gegen sie, fauchte, – sie rührte sich nicht von der Stelle, verzog keine Miene. – Er beherrschte sich, mühte sich, zu lachen, aber es klang gequält.

Kornelia fuhr fort: »Davor habe ich Furcht – dass es das bei mir auch wird, und diese Besorgnis nimmt meiner Leidenschaft den Eifer und das Feuer, sodass ich jetzt glaube, dem Trieb mit mehr Erfolg als bisher begegnen zu können.«

»Wenn ich Vater wäre, würde mir diese Wandlung vielleicht Freude machen – vielleicht auch nicht. So aber kann ich damit nichts anfangen – gar nichts!«

»Das weiß ich!«

»Schließlich wird es noch dahin kommen, dass Sie als reuige Büßerin nach Schloss Vestrum zurückkehren.«

Kornelia dachte nach, schüttelte den Kopf und sagte: »Reue? – nein! Die habe ich nicht. Und an eine Rückkehr nach Vestrum kann ich nicht denken.«

»Das meine ich auch! Der Tatbestand dort kann sie wohl *verdächtigen*, aber er kann Sie, solange man Sie nicht gehört hat, nicht *überführen*.

Kornelia atmete auf und sagte: »Gott sei Dank!«

»Wenn ich aber Ihr Mann wäre, – niemand würde wagen, auch nur mit einer Frage hervorzutreten.«

Wenn Kornelia bisher die Werbung van Gudrys als Qual empfunden hatte, so sah sie jetzt, wo sie ihn erkannt hatte, darin eine Kränkung.

»Für den Trieb, der mir überkommen ist, kann ich nichts«, sagte sie. »Wenn ich aber einem Menschen wie Ihnen die Hand reiche, so bin für die damit verbundene Beschmutzung meines Namens ich allein verantwortlich.«

»Sie werden unverschämt, Kornelia!«

»Kornelia van Vestrum bin ich für Sie!« erwiderte Kornelia stolz. Aber Johannes fuhr in seiner Wut fort: »Hüten Sie sich!«

»Ich fürchte mich nicht! Und wenn Sie versuchen sollten, mich weiter hinunterzuziehen, so werden Sie einen anderen Menschen vor sich sehen.«

Alles das sagte sie so ruhig und bestimmt, dass Johannes den Ernst durchaus erkannte. Gewiss, sie war in seiner Hand und konnte ohne Verständigung mit ihm weder zurückkehren, noch den Versuch machen, sich ihm zu entziehen. Aber auch ihm waren, leistete sie passive Renitenz, die Hände gebunden. Er konnte nichts mit ihr anfangen; sie nicht zwingen. Denn setzte sie sich zur Wehr und brachte er sie zur Strecke, dann zog sie ihn mit in ihren Sturz hinein. Das Klügste also war, einzulenken und den schlechten Eindruck jenes Abends nach dem Opernball zu verwischen. Er begriff selbst nicht seine Unbeherrschtheit, wie er, in Sorge um den kostbaren Halsschmuck, derart aus der Rolle fallen und sein wahres Gesicht hatte zeigen können.

Unter den vielen Plänen, die Johannes erwog, um – wie er sich Peter Last gegenüber wenig geschmackvoll ausdrückte – das Geschäft Kornelia van Vestrum zu effektuieren, war nicht einer, der bei genauer Prüfung sicheren Erfolg versprach. Daran, dass Kornelia in dieser Form weiterlebte, war nach ihrer inneren Umstellung – auch wenn diese weniger eine Folge innerer Läuterung als vielmehr Scheu vor dem war, was später wurde – nicht zu denken. Und zu befürchten blieb, dass Kornelia, noch bevor er am Ziel war, doch mürbe wurde und, zumal sie auf Nachkommen keine Rücksicht zu üben hatte, eines Tages gewaltsam ein Ende machte und ihn womöglich mit in ihre Katastrophe hineinzog.

Da somit der Fall schwierig lag, kam auch eine einfache Lösung nicht infrage. Und diese Erkenntnis war wohl auch mitbestimmend, wenn Johannes von allen Möglichkeiten, die er sich zurechtgelegt hatte, der scheinbar entlegensten, ausgefallensten und gewagtesten den Vorzug gab.

Er ging zu Peter Last ins Zimmer, der mit der dicken Frieda bei Schnaps und Karten saß.

»Komm!«, rief er ihm zu. »Ich will mit dir in den ›Strammen Hund‹.«

»Was? Mitten am Tage?«

»Frag' nicht und komm!«

Die dicke Frieda nahm ihm die Karten aus der Hand, schob die Schnapsflasche zur Seite und sagte: »Geh' schon!«

Aber da hatte Johannes ihn auch schon am Kragen und riss ihn mit gewaltigem Ruck in die Höhe.

»Du bist in letzter Zeit renitent, mein Junge!«, sagte er und stieß ihm die Faust ins Genick, »wenn das nicht anders wird, dann setz' ich dich an die Luft oder sorge für deine Überführung – du verstehst!«

Peter Last winselte wie ein Hund.

»Das werden Sie nicht tun, Herr van Gudry! Sie haben doch selbst gesagt: Das Gefängnis verdirbt die besten Anlagen. Und um meine Courage wäre es schade.«

»Vorwärts! Red' nicht, komm!«

Frieda reichte Johannes Hut und Stock. Dann gingen die beiden Männer über den Flur; und Kornelia, die ihre Schritte hörte, atmete auf – wie immer, wenn Johannes das Haus verließ.

Es vergingen nicht fünf Minuten, da klopfte Frieda an Kornelias Tür:

»Kann ich Ihnen irgendetwas bringen?«, fragte sie.

Kornelia dankte und betrachtete sich diese dicke, unappetitliche Frau, die verschminkt und verpudert, dabei loddrig und unsauber gekleidet war, zum ersten Male genauer.

»Sie fühlen sich wohl hier?«, fragte Kornelia.

Die lachte.

»Bei dem Kerl? – na ja, er bezahlt gut, und wenn das Geschäft geht, dann fällt auch für mich was ab. Man ist nicht mehr die Jüngste – leider! – da muss man eben mit Arbeit sein Geld verdienen.«

»Das muss man doch wohl auch, wenn man jung ist – dann doch grade!«

Die dicke Frieda kicherte und stupste Kornelia mit dem schmutzigen Zeigefinger vor dem Leib.

»Sie sind gut, Fräulein! Sie wollen mich frotzeln. Als wenn man nötig hätte, zu arbeiten, wenn man jung und schön ist.«

»Ja, haben denn Sie nicht gearbeitet?«

»Seh' ich so aus?«, fragte die gekränkt und rückte von Kornelia ab. »Ich war genau so schön und so schlank wie Sie, und die Männer waren hinter mir her. An jedem Finger hatte ich einen. Elfmal hätte ich heiraten können! Noch vor fünf Jahren hatte ich die Wahl zwischen einem jungen Baron und einem reichen Juden. Aber ich wollte mich ausleben und konnte mich nicht binden – an den Juden schon gar nicht. Ich lehnte ab und geriet an diesen Kerl hier, der mich aussaugte und auspresste und zum Hund erniedrigte – genau, wie er es mit Ihnen machen wird. Eines Tages liegen Sie an der Kette und haben keinen eignen Willen mehr. O!, das versteht er!«

So weltfremd Kornelia war, so verstand sie doch alles, was diese Frau ihr erzählte, und brachte, zumal sie in Gefahr war, gleiches zu erleben, starkes Mitgefühl auf.

Nun aber riet ihr die Alte derart dringend, so schnell wie möglich und ohne jede Rücksicht auf das, was aus ihr würde, aus dem Hause zu gehen, dass Kornelia stutzig wurde und fragte:

»Ja, wie kommt es denn, dass Sie, wo Sie doch selbst sagen, dass Sie keines menschlichen Gefühls mehr fähig wären, dass dieser Gudry alles in Ihnen getötet habe –

dass Sie da für mein Schicksal so viel Teilnahme aufbringen?«

Und statt einer Antwort geschah Folgendes:

In das tote Gesicht der Alten kam Leben. Aus ihren Augen schoss ein Strom von Tränen, der Puder und Schminke löste und den gelben Teint und die faltigen Risse der Haut offen legte. Der ganze Körper kam in Bewegung, sie schluchzte laut in sich hinein, krampfte die Finger in eine Decke, die auf dem Tische lag und sagte:

»Ich liebe ihn! – Ich bete ihn an! – Ich dulde niemanden neben mir! Ich habe Angst vor Ihnen! – Ich schließe kein Auge, seitdem Sie im Hause sind.« – Und nun fiel sie vor ihr nieder, umklammerte ihre Knie und bettelte: »Ich flehe Sie an – ich habe Erspartes – ich gebe es Ihnen! – auch meinen Schmuck! Jedes Stück sollen Sie haben – aber, bitte, bitte, gehen Sie!«

Kornelia sah teils mit Mitleid, teils mit Widerwillen die Szene mit an, machte sich frei von ihr, trat ein paar Schritte zurück und sagte: »Seien Sie ohne Sorge! Ich gehe! Ich wäre auch ohne dies gegangen!«

Da strahlte die Alte, zog sich die Ringe von den Fingern und versuchte, sie Kornelia aufzudrängen. Die Bestimmtheit, mit der sie die ablehnte, machte sie stutzig.

»Und sie gehen doch?«, fragte sie ängstlich.

Kornelia nickte. Völlig aufgelöst in Tränen verbarg die Alte das klebrige Gesicht hinter der schmutzigen Schürze und beugte sich zu Kornelia, die angeekelt dastand, herab und küsste ihr die Hände.

Zwölftes Kapitel.

Im »Strammen Hund« saßen nur wenige Gäste. Ein paar aufgetakelte Dirnen, von denen man ebenso wenig wie von den männlichen Gestalten wusste, ob sie neu gekommen waren oder noch vom Abend zuvor dasaßen. Sie benahmen sich so ungeniert wie möglich. Ein Kerl lag mit dem halben Oberkörper über den Tisch, und eine etwas beschwipste Dirne fuhr ihm im Halbschlaf mit den Fingern im gleichen Tempo, in dem ein heiseres Grammofon prustete, durchs Haar. Ihm schien es zu gefallen, denn er stöhnte behaglich und rutschte, sobald sie die Hand für einen Augenblick zurückzog, mit seinem Kopf näher an sie heran. Eine fette, schmutzige Wirtin, die hinter dem Buffet stand, beachtete niemand. Umso machtvollkommener bewegte sich eine junge, sehr hübsche Kellnerin hin und her, die von Tisch zu Tisch ging und nicht nur mit Worten auf Ordnung hielt. Sie duzte Alle, stieß Dirnen an, die den Männern zu nahe auf den Leib rückten, und versetzte wohl auch diesem oder jenem einen Stoß, der sich ihrem gewiss nicht engherzigen Urteil nach nicht so benahm, wie es sich schickte.

»Donnerwetter!«, rief Peter Last, als er neben Johannes van Gudry das Lokal betrat, blieb stehen, sperrte den Mund weit auf und starrte die Kellnerin wie ein Wunder an.

Johannes, der ihn genau beobachtet hatte, war befriedigt, schmunzelte und sagte unbefangen: »Was ist dir?«

Peter Last wies, ohne sich von der Stelle zu rühren, zitternd mit dem Finger auf die Kellnerin und lallte: »Da!«

Und da er in seiner Verblüfftheit vergessen hatte, den Mund wieder zu schließen, so stieß ihm die Kellnerin, der sein blödes Gesicht missfiel, eine schmutzige Gabel mit Weißkohl hinein, den irgendein Gast hatte stehen lassen.

»Bravo!«, rief Johannes, und fing laut an, zu lachen. Und Peter Last, der an dem Weißkohl würgte, sagte mit vollem Munde:

»Ja, sind Sie's nun oder sind Sie's nicht?«

»Idiot!«, schalt die Kellnerin – die man von verschiedenen Tischen »Brigitte« rief – wandte sich an Johannes und fragte: »Wo hast du denn den her?«

»Was ist dir wirklich?«, fragte Johannes.

»Bri – gitte heißen Sie?«

»Schafskopf! Was geht's dich an?« erwiderte sie.

»Und Kornelia ...? – wie? – Sie kennen sie?«

»Was für 'ne Kornelia?«

»Eine Schwester von Ihnen?«, fragte er sie und fuhr, zu Johannes gewandt fort: »Ich könnte die Beiden nicht auseinanderhalten.«

»Wenn doch alle Menschen solche Kamele wären wie du!«, sagte Johannes aus vollster Überzeugung – »dann wäre mir geholfen! – Immerhin! Ich bin mit dem Debüt zufrieden! – Vorwärts, Brigitte, eine Flasche Champagner! Und du setzt dich zu uns! – die Alte wird die Gäste bedienen! – da!« – er schob ihr eine Banknote in die Bluse – »eil dich!«

»Na, wie gefällt sie dir?«, fragte Johannes, als sie saßen. »Was meinst du?«

»Wozu?«, fragte Last.

»Rate!«

Der schüttelte den Kopf.

»Man muss sie austauschen!«, sagte Johannes, lachte und schlug Peter Last so kräftig auf die Oberschenkel, dass der aufschrie. »Verstehst du, die eine für die andere setzen! – Wenn man glaubt, Brigitte vor sich zu haben, dann muss es sich herausstellen, dass es Kornelia ist – und umgekehrt.«

»Wozu? Was hat man davon?« fragte Last.

»Idiot!«, schalt Johannes. »Wenn du ein Kerl wärst, wüsstest du, was du zu tun hast.«

Peter Last kniff die Augen zusammen und verzog den Mund.

»Hm«, sagte er – – »Ich verstehe.«

»Nichts verstehst du!«

»Es käme darauf an, was für mich dabei herausspränge.«

Johannes sah ihn scharf an – überlegte. Dann rückte er seinen Stuhl dicht an den von Peter Last und sagte: »Du bist verrückt!«

»Wieso?« – wenn Kornelia verschwindet – das ließe sich schon machen.« – –

»Weiter!« drängte Johannes.

»Nun ja – ich meine so, dass sie nie wiederkäme« – und dabei machte er eine nicht misszuverstehende Handbewegung – – »und diese Kellnerin Brigitte läge eines Morgens in Kornelias Bett ...«

»... so würde die Amme,« fiel ihm Johannes ins Wort, »noch ehe Brigitte die Augen öffnet, schon an der Art, wie sie sich rekelt und gähnt, erkennen, dass es nicht Kornelia ist.«

Peter Last machte ein dummes Gesicht und sagte: »Das stimmt!«

»Es wäre also saudumm – nicht wahr, Brigittchen,« wandte er sich an die Kellnerin, die eben mit der Flasche und den Gläsern an den Tisch trat – »an das, was vielleicht später geschehen muss, zu denken, bevor dein Training beendet ist« – und dabei fasste er sie um die Taille und zog sie zu sich auf den Stuhl.

Brigitte goss ein, sah Johannes nicht grade vertrauensvoll an und sagte: »Mich lasst gefälligst heraus bei Euern sauberen Geschäften. Ich bin noch nicht vorbestraft. Und wenn nicht mindestens ein Wald von Affen dabei herausspringt, riskier' ich meinen guten Ruf und meine Freiheit nicht.«

Peter Last lachte auf und rief: »Sie ist auf ihren guten Ruf bedacht! Und verkehrt in so seiner Gesellschaft!« – dabei wies er auf die Dirnen und die Kerls, die an den Tischen saßen.

»Geht mich nichts an, wer hier verkehrt. Ich verdiene mein Geld. Und ob ich hier einem Schieber ohne Kragen eine Flasche auf den Tisch setze, oder am Kurfürstendamm einem Schieber im Frack, bleibt sich ganz gleich.«

»Da hat sie vollkommen recht,« stimmte Johannes bei, stieß mit ihr an, trank, goss wieder ein. »Aber anstatt eines Walds von Affen könnte es am Ende ein Schloss am Rhein sein!«

»Her damit!«, rief Brigitte belustigt.

»Was? Dafür riskiertest du sogar deinen guten Ruf?«
»Das würd' ich mir noch überlegen. Aber einsperren, wenn's nicht zu lange ist, ließe ich mich dafür.«

»Also du säßest eher ...?«

»Als dass ich mich einem Kerl an den Hals würfe, der mich anekelt – – selbstredend!«

»Na, wie stände es damit denn bei mir?«

Sie musterte ihn genau und ungeniert.

»Lässt sich ertragen«, sagte sie. »Schön bist du nicht, und nachts in einem Wald begegnen möcht ich dir auch nicht.«

Johannes und Peter Last lachten laut.

Sie sah ihm frech ins Gesicht.

»Aber du gewinnst, wenn man die Augen zukneift.«

»Frechdachs!«, rief Johannes und gab ihr einen Klaps.

»Und im Zusammenhang mit einem Schloss am Rhein wär' es schon möglich, dass ich mich überwände.«

Johannes beugte sich zu ihr, nahm ein volles Glas und goss es ihr in den Mund.

»Dir muss man erst einmal den frechen Schnabel stopfen«, sagte er, während sie sich den Mund wischte und Atem holte. Dann rutschte sie mit dem Stuhl dicht an ihn heran, stützte die Ellbogen auf den Tisch und sagte:

»Also heraus mit der Sprache! Was habt Ihr vor? Wenn es lustig ist und nicht zu gemein, und Geld bringt, dann mache ich mit. – – Mir gefällt es hier längst nicht mehr.«

»Hast du Geduld?«, fragte Johannes.

»Wenn es sich lohnt! – warum nicht?«

Sie sah erst jetzt, dass er ihre Hand genau betrachtete und sich mit einem fragenden Blick an Peter Last wandte, der befriedigend und zustimmend nickte. Sie zog plötzlich die Hand zurück und sagte: »Habt Ihr es etwa auf meine Ringe abgesehen? Mit mir ist schlecht Kirschen essen!« und sie wies auf einen Tisch am Buffet, an dem drei Kerle bei Schnaps und Karten saßen. »Meine Leibgarde! Alle drei! Wie verrückt hinter mir her! Natürlich ohne Erfolg. Ich werf' mich nicht weg! An die Art Menschen schon gar nicht! Aber umso ergebener sind sie mir. Von wem sie glauben, dass er mich anschaut, der sieht morgen nur nach auf einem Auge. Und ob Euch« – sie wies auf ihre Hände – »der Kram das wert ist, bezweifle ich.«

»Der Kram nicht, aber die Hände«, erwiderte Johannes.

»Die Hände?«, fragte sie erstaunt, »was ist damit?«

»Sie sehen nicht danach aus, als ob sie schon lange Bierkrüge schleppten.«

»Wenn Ihr wüsstet, wer mein Vater war, würdet Ihr staunen.«

»Geheimnis?«

Brigitte lacht: »Strengstes! Ich weiß es nämlich selber nicht. Ich pfeif' auch drauf. Aber meine Mutter sagte immer: »›Das Einzige, was das Aas dir hinterlassen hat‹.«

»Und das Aas war ...?«

»Ich glaube, sie weiß es selbst nicht. Jedenfalls aus mir ist was zu machen, wenn nur der Richtige käme.«

»Der sitzt schon da!«, sagte Peter Last und wies auf Johannes.

Brigitte sah ihn misstrauisch an. Als Johannes jetzt aber eine gefüllte Brieftasche hervorzog, den ganzen Inhalt herausnahm und ihn ihr in die Ledertasche stopfte, den sie an einem Gürtel um die Taille trug, da schwand jedes Misstrauen und sie sagte:

»Nun, wo ich weiß, dass ich es mit anständigen Menschen zu tun habe, helf' ich Euch, wenn ich kann.«

»Wir wollen dir helfen«, sagte Johannes. »Mit den Händen und dem Teint bedient man nicht, sondern lässt sich bedienen!«

»Gemacht!«, rief Brigitte und warf von dem Gelde, das ihr Johannes gegeben hatte, Peter Last einen Schein hin. »Bring mir mal vom Buffet ein kaltes Kotelette – und den drei Kerlen da am Tisch eine Lage Schnaps!«

Last stand auf.

»Das Kotelette sollst du haben, aber deine Kerle bediene gefälligst selbst.«

Sie hielt ihm die Hände vors Gesicht und sagte kokett:

»Mit den Händen? Wäre das nicht schade? – Solange das Geld reicht.« – Und dabei wies sie auf die Scheine in der Tasche – »rühre ich keinen Finger.«

»Das Geld wird erneuert so oft du willst – und zu arbeiten brauchst du überhaupt nicht mehr – das tun Andere für dich.«

»Und was habt Ihr davon?«

»Nichts, wovon nicht auch du was hättest.«

»Nun sag' doch schon!« drängte sie. »Statt mich immer so anzuglotzen.«

Peter Last hatte das Kotelette gebracht, das Brigitte teils mit dem Messer, teils aus den Händen aß.

»Du wirst dir die schönen Hände beschmutzen und dich in den Mund schneiden«, sagte Johannes.

»Das hab' ich mir so angewöhnt. Bei meiner Mutter dürft' ich das nicht.«

»Wo ist deine Mutter?«

»Tot.«

»Hast du sonst Verwandte?«

»Nein.«

»Viel Freunde?«

Sie zog die Schultern hoch.

»Nö – was hier so verkehrt. Sonst nichts. – Um mich kümmert sich kein Mensch.«

»Und wie stehst du zu den Leuten hier?«

»Ich halte sie mir vom Halse. Sie riechen nach Schnaps und ekeln mich an!«

»Gut! Ausgezeichnet! – zeig mal deine Zähne!«

»Nanu?«, sagte sie erstaunt und lachte.

»Famos!«, rief Johannes, »sieh nur Peter. Genau wie der ihre!«

»Es hört sich auch genau so an, als wenn Kornelia lachte.« »Beinahe! Ein kleiner Unterschied ist schon da! – Aber das macht der Alkohol!«

»Mit wem vergleicht Ihr mich?«

»Mit einer der schönsten und reichsten Frauen, an deren Stelle du treten sollst.«

Sofort war Brigittes Ehrgeiz und Neugier wach.

»Ist sie tot?«, fragte sie.

»Nein! Sie lebt.«

»Wollt Ihr die umbringen?«

»Vielleicht – vielleicht auch nicht.«

»Da mach ich nicht mit! – Das müsst Ihr allein tun – wenn Ihr's für nötig haltet.«

»Davon ist, vorläufig wenigstens, keine Rede. Du brauchst gar keine Furcht zu haben. Alles wird auf natürlichstem Wege vor sich gehen.«

»Was habe ich zu tun?«

»Zu lernen!«

Sie verzog das Gesicht: »Dafür war ich nie!«

»Wann kannst du von hier fort?«

»Wann ich will!«

»Mitten im Monat?«

Brigitte wies auf die schmierige Alte am Buffet: »Wenn du wüsstest, wie viel Butter die auf dem Kopfe hat.«

Johannes bestellte eine neue Flasche, und als die zu Ende war, eine dritte. Er achtete genau darauf, dass Brigitte in Stimmung kam, dabei aber nüchtern blieb.

»Also was hab' ich zu tun?«, fragte sie.

»Genau zu werden wie jene Frau, der du äußerlich und im Gang zum verwechseln gleichst.«

»Ist sie schön?«

Johannes musste lachen. Das war echt frauenhaft, wie diese Brigitte in diesem Augenblick, der vielleicht über ihr ganzes Leben entschied, nur die eine Sorge hatte, ob die Frau, die ihr glich, auch nicht etwa unschön war.

Johannes versicherte es ihr und übertrieb, und Brigitte, die von diesem Augenblick ab gar nicht mehr nach Zweck und Ziel fragte, brannte vor Ungeduld, Kornelia kennenzulernen.

»An dem Tage, an dem du in Allem bist wie sie, wirst du Schloss und Dienerschaft, Schmuck und Geld, Autos, Wagen und Pferde haben und es bald nur noch für einen Traum halten, dass du jemals auch nur eine Stunde lang hier unter diesen Menschen warst.«

Brigitte, ausgelassen und vor Neugier brennend, sagte übermütig:

»Dann guck ich dich auch nicht mehr an.«

»Mich wirst du schon mit in Kauf nehmen müssen«, erwiderte Johannes, schlang den Arm um sie und zog sie zu sich heran.

Sie ließ es zu, fuhr ihm mit der Hand durchs Haar, kam mit ihrem Gesicht dem seinen ganz nahe und sagte: »Du könntest mir schon gefallen.«

Dreizehntes Kapitel.

Obschon Dr. Kargert die Verdächtigung der Frau van Jörgens nicht ernst genommen hatte, war er als gewissenhafter Mensch den Dingen doch nachgegangen und hatte von den bedeutensten Auskunfteien Amsterdams, Berlins, Londons und Paris Berichte über Johannes van Gudry eingefordert. Sie lauteten übereinstimmend günstig und schlossen einen Verdacht so niedriger Art, wie Frau van Jörgens ihn geäußert hatte, völlig aus. Johannes van Gudry war der Erbe eines der ältesten holländischen Adelsgeschlechter, hatte als Kunstkenner und Mäzen einen Namen von internationalem Klang, verkehrte in der ersten Gesellschaft, nahm keinen Kredit in Anspruch, war Mitglied namhafter Klubs und war wegen seiner sprichwörtlichen Gradheit und Offenheit geachtet und gefürchtet.

Diese Auskünfte beruhigten Kargert vollends, und er, der für sich längst Verzicht geleistet hatte, erhoffte für Kornelia, dass kein Anderer als Johannes van Gudry Mittel und Wege zur Befreiung finden werde. Denn dass sie einem Entführer, der mit verbrecherischen Mitteln arbeitete, verfallen war, stand für ihn außer Zweifel.

Die Nachrichten, die erst aus Schottland, später aus London und Paris, schließlich aus Madrid von Johannes kamen, zeigten, dass er sich in der Angelegenheit ständig bemühte, mehrfach einer Aufklärung nahe war, von keiner Enttäuschung sich abschrecken und beirren ließ. Seine letzte Information an Kargert lautete:

»Bestimmte Anzeichen lassen vermuten, dass Kornelia van Vestrum noch völlig das willenlose Werkzeug ihres Verführers ist. Ich bin ihm auf der Spur und habe begründete Aussicht, ihn in Kürze zu stellen. Gebt die Hoffnung also nicht auf. Johannes van Gudry.«

Durch derartige Informationen wurde die Hoffnung auf die Rückkehr Kornelias stets wachgehalten und –

darin lag ihr Zweck – an Ort und Stelle so gut wie nichts zur Aufklärung unternommen.

So konnte Johannes in aller Ruhe seinen abenteuerlichen Plan zur Durchführung bringen.

Mit Brigitte war man schnell handelseinig geworden. So ganz durchschaute sie die Absichten des Johannes zwar nicht. Sie wusste nur, dass sie eine Doppelgängerin hatte, die sie gründlich studieren sollte, um ihr in Allem gleich zu werden. Diese Doppelgängerin hatte aus irgendeinem Grunde bei Johannes Zuflucht genommen und musste verschwinden. Wie das vor sich gehen sollte, ging sie nichts an und wollte sie auch gar nicht erfahren, um für alle Fälle von jeder Verantwortung frei zu sein.

So hatte sie denn noch am gleichen Abend ihre paar Sachen zusammengekramt und war mit Johannes und Peter Last mitgegangen. In der kleinen Wohnstube hatte ihr Johannes vor die Tür, durch die man in Kornelias Zimmer gelangte, einen Stuhl geschoben, aus der Tür eine eingeschraubte Rosette abgenommen und Brigitte eingeschärft:

»So! Und nun studierst du diese Frau da drin genau! Beobachtest jede ihrer Bewegungen, wie sie sich setzt, aufsteht, die Arme bewegt, das Gesicht verändert, weint, lacht – kurzum, du machst ihr alles nach. Ich bleibe bei dir und gebe acht. Denn ich muss zunächst einmal feststellen, ob du ihr wie im Aussehen auch in deinen Bewegungen gleichst.«

Brigitte, die vielerlei kannte und für die alles Neue Reiz hatte, kniete sich mit wahrer Begeisterung in ihre Aufgabe hinein. Da die dicke Frieda noch immer bei Kornelia im Zimmer und die Unterhaltung noch im vollem Gange war, so war die Gelegenheit, Studien zu machen, für Brigitte besonders günstig.

Verblüffend war die Leichtigkeit, mit der Brigitte jede Bewegung Kornelias nachahmte. Nichts schien gezwungen oder gestellt. Jede Bewegung erschien wie der Ausdruck inneren Erlebens, so und nicht anders musste es sich äußern, und es war deutlich, dass sich die Ähnlichkeit dieser beiden Frauen nicht in dem gleichen Aussehen erschöpfte.

Johannes van Gudrys Herz hüpfte vor Vergnügen und Brigitte war derart bei der Sache, dass er ihren Eifer nicht nur nicht anzuregen brauchte, ihn im Gegenteil sogar hemmen musste. Denn mehr als einmal begleitete sie ihre pantomimischen Bewegungen mit leisen Tonfällen, die im Klang und Höhe mit denen Kornelias zusammenstimmten und wohl nur daher im Nebenzimmer unbeachtet blieben.

An der Tür hing Kornelias Hut und Pelz. Johannes kam auf eine Idee. Er zog Brigitten hastig den Pelz an, setzte ihr den Hut auf und ließ sie zur Seite treten, nachdem er die Rosette wieder in der Tür befestigt hatte. Als dann die dicke Frieda aus Kornelias Zimmer kam, Johannes sah und unter Hinweis auf die Tür, durch die sie eben getreten war, zu ihm sagte: »Die wird dir noch viel Scherereien machen!« da stellte er sich dumm und fragte:

»Wer?«

»Die da drin.«

Johannes winkte Brigitte heran. Die trat dicht vor Frieda hin und sah ihr fest ins Gesicht.

»Allmächtiger!«, schrie Frieda so laut, dass Kornelia nebenan erschrocken auffuhr, klammerte sich an ihn und wies verängstigt auf Brigitte.

»Was ist dir?«, fragte Johannes und tat arglos.

Frieda fiel auf die Knie, bekreuzigte sich und betete ein Vaterunser.

»Bist du toll?«, fragte Johannes.

»Der Teufel sitzt mir im Genick!« jammerte verängstigt Frieda und spürte tatsächlich Schmerzen im Genick.

»Mach' nicht so 'n Lärm!« gebot Johannes. »Du weckst Kornelia auf!«

»Kor--ne--lia!« wiederholte Frieda, taumelte, streckte die Hand nach Brigitte aus und sagte: »Sie sind verhext! – Ich bleibe hier nicht! Lieber gehe ich zugrunde!«

Johannes nahm Frieda bei der Hand, flüsterte ihr zu: »Ich komme gleich und klär' dich auf.«

Dann schob er sie ins Nebenzimmer, nahm Brigitten Hut und Pelz ab, was erst nach heftigem Widerstreben gelang, da sie sich in den Sachen gefiel und sie behalten wollte. Erst auf Johannes' Zusicherung hin, dass es nur von ihrer Geschicklichkeit und ihrem guten Willen abhänge, dass sie die kostbarsten Kleider tragen und sich mit den teuersten Pelzen schmücken könne, ließ sie sich die Sachen wieder abnehmen. Dann wies er ihr eine Kammer an, die neben der Küche lag, und was Raum und Einrichtung betraf, mehr als bescheiden war.

Brigitte verzog denn auch das Gesicht und sagte: »Und hier soll ich mich auf meine künftige Größe vorbereiten?«

Johannes lachte über die geschwollene Redeweise Brigittes und dachte: Die Frau entwickelt sich. Dann redete er ihr zu und sagte:

»Das alles hat seine Gründe, die du bald begreifen wirst.«

Als er nach einiger Zeit in das Wohnzimmer, das jetzt dunkel war, zurückkehrte, schlich grade Kornelia in Hut und Mantel, die Tasche im Arm, aus ihrem Zimmer. Er blieb stehen, hob den Arm zur Wand, knipste das Licht an. – Kornelia, die jetzt mitten im Zimmer stand, erschrak und ließ die Tasche fallen.

»Schau! Schau!«, sagte Johannes spöttisch. »Darf man das gnädige Fräulein auf ihrem nächtlichen Spaziergang vielleicht begleiten?«

Kornelia zitterte vor Wut und Erregung.

»Haben Sie denn gar kein Gefühl?«

»Für einen derartigen Wahnsinn? Nein!«

»Sehen Sie denn nicht, dass ich so nicht weiter leben kann?«

Er ging auf ihre Frage nicht ein, sondern sagte: »Und wohin gedachten Sie jetzt zu gehen?«

Sie sah ihn verzweifelt an: »Ich weiß nicht. – Nur fort von hier!«

»Hat Ihnen dies Frauenzimmer da derart zugesetzt?«, fragte Johannes und wies auf die Tür zu Friedas Kammer. »Sie ist närrisch!«

Kornelia lächelte wehleidig: »Was könnte die mir wohl sagen? Sie ist bedauernswert und hat mit sich selbst zu tun.«

Kornelia trat ein paar Schritte weiter auf die Tür zu.

»Sie glauben doch nicht im Ernst, dass ich Sie fortlasse?« »Ich bitte Sie, halten Sie mich nicht!«

»Ich pflege meine Geschäfte zu Ende zu führen!«

»Ihre Geschäfte?«, fragte Kornelia.

»Ja, glauben Sie, dass ich Sie bei mir behielt, um Sie durchzufuttern und mich an Ihren Stimmungen zu ergötzen?«

»Was haben Sie vor?«, fragte sie ängstlich.

Statt zu antworten, trat Johannes an sie heran, betrachtete sie genau und sagte voller Interesse: »Schön sehen Sie aus, Kornelia, ich möchte Sie malen!«

Sie wandte den Kopf zur Seite und sagte scharf: »Lassen Sie das!«

»Oh! Sie dürfen nicht glauben, dass ich ein Dilettant bin! Ich habe bei einem Freunde in Madrid einen Goya kopiert und an die Stelle des Originals die Kopie gehängt. Es ist – wenigstens bisher – niemandem aufgefallen. – Sie dürfen sich mir also getrost anvertrauen.«

»Ich will fort!«, forderte Kornelia bestimmt.

Johannes blieb unverändert.

»So hören Sie doch mit dem Spaß auf!«, sagte er vollkommen ruhig.

»Mir ist nicht zum Spaßen!«, erwiderte sie und versuchte an ihm vorbeizugehen.

Er fasste sie beim Handgelenk und sagte: »Sie bleiben!«

Kornelia versuchte sich mit Gewalt loszureißen und rief: »Sie lassen mich gehen!«

Er hielt sie fest, schüttelte den Kopf und sagte: »Nein! - Ich habe mich Ihrer nun einmal angenommen und bin für Sie verantwortlich.«

»Als ob Sie ein Gewissen hätten!«

»Sie verkennen mich!«

»Ich kenne Sie ganz genau! - Ich will heraus aus diesem Schmutz!«

»Wenn Sie mich kennen umso besser! So habe ich nicht nötig, mich zu verstellen. - Also *vorwärts*! Zurück in Ihr Zimmer!«

»Nein!«, schrie Kornelia und suchte sich zu befreien.

Frieda, die sich grade das Bettdeck überzog, fuhr auf Kornelias Schrei hin auf, stürzte an die Tür, sah die beiden, rief:

»Allmächtiger! Da ist diese Person noch immer!« - - - und glaubte, dass es noch von zuvor Brigitte sei. Sie schlug die Tür zu, schloss sie hinter sich ab und kroch ängstlich wieder unter das Bettdeck.

Johannes machte jetzt kurzen Prozess.

»Ich kann auch anders!«, sagte er, »und wenn Sie sich widerspenstig zeigen, werden Sie mich kennenlernen.«

Kornelia wusste: Sie kämpfte um ihr Leben. Sie griff mit der freien Hand nach einem Messer, das auf dem Tisch lag, hob es hoch, drohte und rief: »Hüten Sie sich!«

Im selben Augenblick stieß Johannes den Kopf nach vorn und biss sie mit voller Kraft in die Hand. – Kornelia schrie auf, ließ das Messer fallen, duckte sich. Und da sie auch jetzt noch versuchte, sich zu befreien, so packte er sie bei den Armen, stieß mit den Füßen die Tür zu ihrem Zimmer auf und warf sie mit solcher Kraft hinein, dass sie zu Boden schlug, aufschrie und liegen blieb.

Vierzehntes Kapitel.

Noch in derselben Nacht ging Johannes in Friedas Kammer. Frieda erwartete diesen großen Augenblick seit Jahren. Ein Gefühl sagte ihr: Er muss kommen! – In dieser Hoffnung lag sie jeden Abend stundenlang wach; träumte sie unruhig, wenn sie endlich einschlief, und war nach dem Erwachen dann jeden Morgen enttäuscht, wenn sie feststellte, dass ihr Zusammensein mit Johannes – nur ein Traum gewesen war.

Nun endlich stand er leibhaft vor ihr.

Grade heute!

Jeden Abend hatte sie in der Hoffnung, dass er endlich kommen würde, mit großer Sorgfalt Toilette gemacht. Nur heute war sie nach dem Entsetzen, das sie beim Anblick dieses Ebenbildes Kornelias gehabt hatte, ohne sich abzuschminken und die Tagesperücke mit einer anderen zu vertauschen, in ihrem Taghemd ins Bett gekrochen.

Als sie die verklebten Augenlider endlich auseinander hatte, sagte sie lächelnd: »Da bist du! – endlich!«

Aber das Aussehen des Johannes glich allem, nur nicht dem eines Liebhabers.

»Steh auf!«, sagte er barsch. »Ich habe mit dir zu reden!«

»A--auf--stehn?«, fragte sie enttäuscht.

»Meinetwegen bleib' liegen! Aber setz' dich auf und hör' genau hin, was ich dir sage!«

»Kommst du zu mir?«, fragte Frieda mit einem letzten Schimmer von Hoffnung.

»Was heißt das?«

»Johannes!!«, rief sie, richtete sich auf und schlang die Arme um ihn.

Er warf sie mit einem Ruck aufs Bett zurück und brüllte:

»Ekelhaft – je älter die Weiber werden, umso verrückter sind sie!«

Frieda strömten die Tränen über das klebrige Gesicht.

»Hör auf zu heulen!«, befahl Johannes, – »oder ich schlage.«

»Schlage! Schlage mich!«, bettelte Frieda.

»Vieh!«, schalt Johannes, ging angeekelt ans Fenster, öffnete es, blieb mit dem Rücken zur Stube hin stehen und wiederholte: »Steh' auf!«

Frieda kroch aus dem Bett, warf sich irgendetwas Undefinierbares über und sagte: »Was willst du?«

»Bist du jetzt wieder bei dir? – Euch Weiber sollte man zu vierzig Jahren ersäufen – und aufpassen, dass ihr nicht wieder hochkommt.«

»Also was soll ich?«, fragte Frieda gekränkt.

Jetzt erst wandte sich Johannes zu ihr um. Er musste lachen.

»Weißt du, wie du aussiehst?«, fragte er.

Sie lächelte und erwartete etwas Liebes.

»Wie ein ausgequetschter Schwamm – aber einer, der seit zehn Jahren in Gebrauch ist – weißt du, so matschig und zottlig und rissig. Dich möchte ich einmal sehen, wenn du Siebzig bist!«

»Was du von mir willst, mitten in der Nacht?«, fragte sie jetzt wütend.

»Also pass auf! Dir liegt doch auch daran, dass diese Kornelia aus dem Hause kommt.«

Frieda nickte, und Johannes fuhr fort:

»Aber so, dass sie nicht wiederkehrt.«

»Wenn das ginge!«

»Es geht! Und hängt nur davon ab, wie du dich anstellst.«

»Für dich – du weißt – da tue ich alles! – leider!«

»Wenn es dir nicht passt, kannst du gehen. Ich halt' dich nicht!«

»Nein! Nein! – Ich tue es gern! Befiehl nur. Und wenn es ein – Mord ist!«

»Dazu werde ich mir ausgerechnet dich aussuchen. – Was ich von dir will, ist nichts weiter, als dass du Kornelia sagst, du wolltest ihr behilflich sein, von hier fortzukommen und ihr irgendwo in einem anständigen Hause einen Posten zu verschaffen, der ihr zusagt.«

»Wenn es weiter nichts ist!«

»Wird sie dir das glauben?«

»Ja! – Es passt zu dem, was ich heute mit ihr gesprochen habe.«

»Umso besser! – Und wenn es klappt – und du mir dabei hilfst, dann ...«

Er wollte ihr etwas Freundliches sagen. Aber sie sah so ganz und gar unmöglich aus, dass selbst dem Vielgewandten die Sprache versagte und das Wort im Munde stecken blieb.

Aber Frieda nahm die Gelegenheit wahr.

»Was ist dann?«, fragte sie, – – »wenn es klappt und ich dabei helfe?«

»Dann ... dann will ich versuchen ...«

»Was?« drängte sie.

»Netter zu Dir zu sein!«

Während sie noch zu ihm aufsah, schob er sich zur Tür, sagte: »Gute Nacht!«, und ging hinaus.

Fünfzehntes Kapitel.

Kornelia hatte sich, als sie auf den Boden schlug, keinen Schaden getan. Auch seelisch berührte sie der Vorfall nicht. Nachdem sie Johannes einmal in seiner wahren Gestalt erkannt hatte, fügte dieser Akt der Rohheit sich völlig in das Bild ein. Und wenn sie zu wählen hatte, so war es ihr lieber, er gab sich so roh und niederträchtig, wie er war – auch wenn sie körperlich dadurch gefährdet war – als dass er in einer seiner Masken auftrat und sie durch seine vollendeten Verstellungskünste verblüffte und verwirrte.

Als Kornelia sich erhoben hatte, war sie zum nächsten Stuhl gewankt und in Hut und Pelz immer in der Erwartung, dass sich etwas ereignen würde, sitzen geblieben.

Gegen Morgen war Peter Last erschienen, der ewig lächelte und stets eine gewisse Distanz wahrte. Er brachte einen fotografischen Apparat mit und erklärte Kornelia, sie auf eine Anweisung des Johannes hin aufnehmen zu wollen.

»Zu welchem Zweck?«, fragte Kornelia.

»Ich weiß es auch nicht!«, erwiderte Peter Last. »Und da ich die Befehle des Herrn van Gudry auszuführen habe, ohne zu fragen, so kann ich nur vermuten.«

»Was vermuten Sie?«

Er tat geheimnisvoll und sagte: »Man denkt sich so allerlei. – Zum Beispiel, wenn Sie eines Tages hier verschwänden – es könnte ja sein, dass es Ihnen auf die Dauer hier nicht behagt – so hätte man etwas von Ihnen in Händen – Sie verstehen?«

»Kein Wort!«

»Na, heutzutage hat ja wohl jeder anständige Mensch etwas auf dem Kerbholz. Und ein Steckbrief ist immer wirksamer, wenn er eine Fotografie trägt.«

»Sie meinen, dass er mich ...?«

»I Gott bewahre, ich verbrenn' mir höchstens das Maul. Ebenso gut ist es möglich, dass er Sie über sein Bett hängen will. Ich kenne mich bei ihm nicht aus! So viel Geduld wie mit Ihnen hat er noch mit keiner Frau gehabt. Am Ende liebt er Sie!«

»Das wäre schrecklich!«, rief Kornelia; und der Gedanke, der ihr nie gekommen wäre, quälte sie. Einen Abscheu vor sich selbst bekam sie bei der Vorstellung, dass sich in diesem Menschen irgendein Gefühl für sie regte.

Diese Nachdenklichkeit Kornelias nutzte Peter Last für seine Aufnahmen. Als sie sich nach einer ganzen Weile wieder an ihn wandte und mit großer Bestimmtheit erklärte: »Auf keinen Fall dulde ich, dass Sie mich aufnehmen!« da lachte er noch mehr als sonst, legte seinen Apparat zusammen und sagte:

»Das ist auch gar nicht nötig, denn es ist bereits geschehen.«

Trotz des Einwandes, den Kornelia erhob, entfernte sich Peter Last; höchst belustigt über das Gelingen seines Plans, von dem er sofort Johannes van Gudry in Kenntnis setzte.

Sechzehntes Kapitel.

Frau van Jörgens traute ihren Augen nicht, als ihr der Diener am frühen Morgen auf einem Tablett die Karte Johannes van Gudry reichte.

»Wie? – wer? – er selbst?«

Der Diener bejahte.

Ganz unbewusst wandte sie sich sofort zum Spiegel und steckte im Haar eine Nadel fest. Dann erst nahm sie die Karte auf, hielt sie zitternd in den Händen, schüttelte den Kopf, stampfte, als wollte sie einem inneren Widerstand begegnen, mit dem Fuß auf und sagte: »Nein! Nein! – Sagen Sie, ich wäre krank – oder verreist – oder ...«

In diesem Augenblick trat Johannes ein.

»Seit wann lässt man einen van Gudry antichambrieren?«, fragte er, gab dem Diener ein Zeichen, sich zu entfernen, kam auf Frau van Jörgens zu und reichte ihr die Hand.

Die kämpfte schwer, hob langsam den Kopf, sah ihn kalt an und fragte: »Was haben Sie mir zu sagen, Herr van Gudry?«

Er hielt ihrem Blick stand, nahm ihre Hand, drückte sie und sagte: »Liebst du mich nicht mehr?«

»Wenn ich es täte – niemand würde es erfahren!«

»Auch ich nicht?«

»Sie zuletzt!«

Er führte die Hand an seine Lippen, küsste sie und sagte: »Ich danke dir!«

Frau van Jörgens fühlte, wie ihr Widerstand nachließ. Sie riss sich zusammen und fragte: »Warum sind Sie gekommen?«

»Um dir zu sagen, dass auch ich vergebens gegen meine Liebe angekämpft habe.«

Sie wandte sich zu ihm: »Wie? – ich verstehe nicht – du hättest gegen deine Liebe angekämpft?«

»Ich hatte geglaubt, dass es mir leicht fallen würde. – Warum ich das glaubte, weiß ich nicht! – Nun aber weiß ich: Ich habe mich geirrt!«

Mit verhaltener Erregung sagte er das, die sich, obschon sie gemacht war, auf Frau van Jörgens übertrug.

»Und warum wolltest du ...?«, fragte sie zitternd.

»Weil ich ein Schuft bin. – Weil Reichtum, unermesslicher Reichtum mich lockte. – Aber meine Liebe erwies sich als stärker.«

»Johannes!« jauchzte Frau van Jörgens auf und umschlang seinen Hals. Dann schloss sie die Augen.

Er legte pflichtgemäß seine Arme um sie, drückte sie an sich und sagte: »Ich wusste es!«

Und er überlegte, ob er noch hinzufügen sollte: »Ich wäre zugrunde gegangen ohne dich!« – Da vielleicht später noch eine Steigerung notwendig wurde, so ließ er es. Mit Entsetzen stellte er fest, dass ihm ihr Vorname entfallen war. Wie gut hätte es sich gemacht, und wie viel Worte hätte er sich erspart, wenn er so ganz aus den Tiefen heraus ein-, zweimal ihren Namen hervorgestoßen hätte.

»Und nun bleibst du bei mir?«, fragte sie mit einer Bestimmtheit, die ihn erschrak und ihm klarmachte, dass sein Vorstoß zu stürmisch gewesen war.

»Es hängt von dir ab«, erwiderte er und schloss die Augen, obschon er viel lieber die Ohren geschlossen hätte.

»Von mir? – Ja weißt du denn noch immer nicht ...?«Er wusste nur zu gut, dass er diese Frau betrügen, misshandeln, von sich stoßen konnte und doch jederzeit nur die Hand auszustrecken brauchte, um sie wiederzugewinnen. Und so sagte er denn: »Ich muss erst frei sein – und du kannst mir dazu verhelfen.«

»Bestimme! – Du weißt, dass du dich auf mich verlassen kannst.«

»Ist dir nicht vor einiger Zeit dein wertvoller Halsschmuck gestohlen worden?«

»Allerdings!«

»Liegt dir daran, ihn zurückzubekommen?«

»Wie kannst du fragen? – Ich habe Tausende für die Recherchen verausgabt.«

»Dumm genug von dir! – Ich will dir die Kette zustellen, ohne dass du Kosten hast.«

»Wie ist das möglich?«

»Tu, was ich dir sage! – Geh' in einer Stunde zu Smith, dem bekannten Mietsbureau und sage, dass du sofort eine junge Gesellschafterin aus gutem Hause und ohne Anhang brauchst.«

»Ja – und?«

»Alles andere überlasse mir!«

»Was hat das mit der Kette zu tun? Was vor allem mit uns?«

»Die Frau, die die Kette hat, steht unserer Wiedervereinigung im Wege.«

»Ich begreife noch immer nicht!«

»Du wirst also in einer Stunde bei Smith sein und dich etwa dreißig Minuten dort aufhalten.«

»Wenn du es wünschest.«

»Gegen Abend komme ich zu dir und wir feiern unsere Wiedervereinigung – einverstanden?«

»Hannes! Welche Frage!«

Sie wollte schon wieder zärtlich werden. Aber er wehrte ab.

»Erst hilf mir das Hindernis aus dem Wege schaffen.«

Er gab ihr die Hand, küsste sie und ging.

Frau van Jörgens stand noch eine Zeit lang in Gedanken.

»Schändlich« – dachte sie – »mich so zu behandeln! – Bestimmt steckt dahinter wieder eine Schlechtigkeit! – Aber wozu mich wehren? Ich muss ja doch tun, was er will.«

Und genau eine Stunde später stieg sie vor dem Mietsbureau Smith aus ihrem Auto.

———

Frieda schloss in dieser Nacht kein Auge mehr.

Als sie am frühen Morgen dann Johannes das Frühstück aufs Zimmer brachte, gab der ihr für die Behandlung Kornelias nochmals genaue Anweisungen und entwickelte ihr den Plan so ausführlich, dass sie begeistert ausrief:

»Jetzt endlich glaube ich an Ihre Liebe, Johannes!«

Der war vor Staunen platt und sah sie fragend an.

»Auf solche Gedanken kann nur die Liebe kommen«, fuhr sie fort. »Die allein findet auch da den Weg, wo jede Möglichkeit verschlossen scheint.«

»Du fantasierst!«, schalt Johannes.

Frieda lächelte überlegen: »Wir Frauen sehen schärfer und tiefer als ihr,« sagte sie. »Wenn Sie es sich selbst noch nicht gestehen, Johannes – die Art, in der Sie sich von dieser Kornelia befreien, verrät Sie!«

»Dich wird man bald einsperren müssen, dumme Person!«, rief Johannes. Aber sie ließ sich den Glauben nicht nehmen; überlegen lächelnd schlug sie die Augen zu ihm auf und sagte:

»Sie werden es erleben! Und zwar bald!«

Dann hüpfte sie kokett wie ein junges Mädchen aus dem Zimmer, sah sich an der Tür noch einmal nach ihm um, blinzelte ihm zu und sagte:

»Auf Wiederseh'n, Johannes! Auf Wiederseh'n !«

Kornelia hatte den Rest der Nacht sitzend und ohne sich auszukleiden auf der Chaiselongue verbracht. Als jetzt Frieda zu ihr ins Zimmer trat, fuhr sie erschrocken auf und rief: »Was ist?«

»Nichts ist! Was soll sein?« fragte Frieda, setzte ihr schönstes Lächeln auf und sagte: »Ich bin um Sie in Sorge. So geht das nicht weiter. Sie gehen zugrunde hier.«

Kornelia lächelte wehleidig: »Es ist das Beste, was mir geschehen kann !«

»Wie kann eine Frau in Ihrem Alter, die aussieht wie Sie, so sprechen? Sie fangen erst an, zu leben.«

»Haben Sie mit ihm gesprochen?«

»Ja!«

»Er hat Ihnen erzählt, dass ich fort wollte ...?«

»Ich weiß alles! – Er sieht ein, dass er Sie nicht halten kann.«

»Tut er das? Tut er das wirklich?«

»Mein Wort darauf! – Und ich will Ihnen noch mehr verraten! Er meint es gut mit Ihnen!«

Kornelia zuckte zusammen.

»Lässt er mich fort?«, fragte sie.

»Ja.«

»Ist das wahr?«, rief sie erregt und schien neu aufzuleben. »Er hat mir aufgetragen, mich in einem guten Hause nach einer Stelle als Gesellschafterin für Sie umzusehen.« »Und Sie haben es getan?«, fragte sie freudig.

»Nachts ging das schlecht! – Und dann – ich' wusste ja nicht, wie Sie darüber denken.«

»Für mich wäre das, als wenn man mir von Neuem das Leben schenkte!«

»Das Geschenk kann Ihnen werden.«

»Wann?«, fragte Kornelia.

»Das bestimmen Sie!«

»Heute! Sofort! Auf der Stelle!«

Die dicke Frieda lächelte: »Wir müssen doch erst etwas Passendes finden.«

»Wohin ich auch komme – besser als hier hinein passe ich sicher. – Nur fort von hier.«

»Man könnte ja mal bei einem der bekannteren Bureaus anläuten.«

»Ja! Tun Sie das!« drängte Kornelia.

»Gut! Ich werde nach dem Essen ...« – sie machte absichtlich eine Pause, da sie Kornelias Widerspruch erhoffte, der dann auch sofort einsetzte:

»Warum nach dem Essen?«, fragte Kornelia. »Warum nicht gleich? Es ist bald neun! Die Bureaus sind doch schon offen!«

Frieda lächelte und meinte:

»Wenn Sie es so eilig haben – meinetwegen! – Aber kommen Sie gleich mit an den Apparat!«

»Ist er fort?«

»Ich glaube!«

Sie ging voraus, Kornelia folgte zitternd und voller Erwartung.

»Ja, wo versuchen wir es nun zuerst?«, fragte Frieda und sah unauffällig nach der Uhr.

»Ich weiß damit nicht Bescheid!«

Frieda ließ sich mit dem Bureau Knock-Madsen verbinden – oder sie tat doch so.

»Hören Sie«, rief sie in den Apparat – »ich suche für eine Dame aus der Gesellschaft in einer nur guten Familie einen Posten als Gesellschafterin. Die Dame legt mehr Wert auf gute Behandlung als auf hohes Gehalt. – Wie? – Ja, ich warte am Apparat!«

»Ist Aussicht?«, fragte Kornelia erregt, »Was hat man gesagt?« Im selben Augenblick flötete Frieda auch schon wieder in den Apparat:

»Wie bitte? – Augenblicklich nicht? – Schade! – vielleicht wann? – Gut! Ich rufe in ein paar Tagen noch mal an!«

»Nichts?«, sagte Kornelia und war verzweifelt.

»Ob ich's noch wo anders versuch«?«, fragte Frieda.

Kornelia drängte stürmisch: »Bitte bitte!«

Frieda machte ein nachdenkliches Gesicht und meinte: »Es käme höchstens noch Smith infrage. – Versuchen Sie einmal selbst Ihr Glück!«

Kornelia suchte die Nummer und stellte die Verbindung her. Und als sich das Bureau Smith meldete wiederholte sie zitternd vor Erregung alles, was zuvor Frieda gesagt hatte.

Der Herr am Apparat erwiderte: »Bitte, warten Sie einen Augenblick!«

Dieser Augenblick schien Kornelia endlos. Dabei erschien er gleich darauf – und zwar nach Friedas Empfinden viel zu schnell – wieder am Apparat und sagte:

»Zufällig sucht hier grade eine Dame eine Gesellschafterin. Aber sie muss allerbeste Kinderstube, Bildung und gute Manieren haben!«

»Habe ich – ich schwöre es Ihnen!«

»Und gut aussehen müsste die Dame auch.«

»Sie kann mich ja sehen.«

»Das wäre das Beste! – Einen Moment! Die Dame bemüht sich selbst an den Apparat.«

»Hier bin ich!«, rief Kornelia unbeherrscht, und die Dame am Apparat lachte und meinte:

»Ich brauche jemand, der mir Gesellschaft leistet, Sprachen beherrscht, mir vorliest, vorspielt, und dabei Dame genug ist, um meiner Dienerschaft gegenüber Autorität zu haben.«

»Ich schwöre es Ihnen! Ich verspreche es Ihnen! Das alles kann ich! Ich hatte selbst Diener ...«

»Pscht!«, flüsterte Frieda und schubste sie. »Reden Sie nicht zu viel!«

Und die Dame am Telefon sagte: »Dann stellen Sie sich bitte bei mir vor!«

»Schrecklich gern! Wann soll ich ...?«

»Heute noch!«

»Ich komme!«, rief Kornelia und wollte den Hörer anhängen. »Namen! Adresse!« brüllte Frieda. »Sie wissen ja gar nicht wohin?«

Und Kornelia, die vor Erregung am ganzen Körper flog, rief in den Apparat: »Wohin, bitte, soll ich kommen?«

Die Dame am Telefon erwiderte: »Zu Frau van Jörgens, Fisterplatz 9.«

Und Name und Adresse gingen Kornelia ein wie eine heilige Verkündigung. Sie schloss die Augen und wiederholte: »Frau van Jörgens, Fisterplatz 9.«

Frieda sah sie an, lächelte und sagte: »Das nenne ich Glück!«

Siebzehntes Kapitel.

In Brigittes Zimmer stand auf einer Staffelei eine große Fotografie von Kornelia. In einem Sessel davor saß Brigitte. An der einen Schmalseite der Wand war eine Leinewand befestigt, auf die von der anderen Seite her Licht fiel.

Vor der Staffelei stand im weißen Kittel Johannes und betrachtete durch eine Lupe die Fotografie.

Neben ihm stand ein älterer Herr mit einer Hornbrille, der ebenfalls einen weißen Kittel trug und die Ärmel aufgeschlagen hatte. Er unterhielt sich mit Johannes im Flüsterton.

»Also, verunstalten lasse ich mich nicht!«, rief Brigitte, »und schöner als ich bin, brauche ich nicht zu werden. Und wenn Ihr Affen mir wehtut, dann schreie ich!«

»Schreien kannst du, soviel du willst«, erwiderte Johannes. »Aber wenn du nicht stillsitzt, dann kannst du was erleben.«

Im selben Augenblick trat der ältere Herr im weißen Kittel mit einem Rasiermesser in der Hand an sie heran.

»Seid Ihr verrückt?«, schrie Brigitte.

Der Herr ließ sich nicht aus der Ruhe bringen und sagte zu Johannes, der noch immer durch eine Lupe die Fotografie Kornelias musterte: »Also wie viel Millimeter meinen Sie?«

»Etwa vier seitlich und knapp einen Millimeter in der Breite.«

Mit einem energischen Griff hatte er den Kopf Brigittes zurückgeworfen und ihr gebieterisch gesagt: »Stillsitzen – oder es gibt Blut!«

Die entsetzte Brigitte wagte kaum zu atmen, presste die Lippen aufeinander und ließ es ruhig geschehen, dass man ihr die Augenbrauen so rasierte, dass sie genau denen Kornelias glichen, sodann bearbeitete man eine kaum wahrnehmbare Fettschicht unter dem Kinn durch gewaltsame Massage und legte um einen ihrer völlig gesunden Zähne eine goldene Kapsel, um sie, wie Johannes wiederholte, der Kornelia bis in die kleinsten Details ähnlich zu machen.

Brigitte begleitete alle diese schmerzhaften Prozeduren mit wüstem Geschimpfe.

Johannes meinte: »Wir können doch nichts dafür, dass diese Kornelia weniger Augenbrauen hat als du!«

»Wenn ich diesem Frauenzimmer, derentwegen ich soviel aushalten muss, begegne«, schimpfte Kornelia, »schlage ich ihr die Zähne ein.«

»Was zur Folge hätte«, erwiderte der ältere Herr, der Arzt und ein Freund von Johannes war, »dass wir Ihnen am nächsten Tage genau dieselbe Zahl von Zähnen herausbrechen müssten, die Sie ihr ausgeschlagen haben.«

Johannes hatte nach der Fotografie Kornelias von den Händen, der Nase, den Ohren und dem Mund Großaufnahmen anfertigen lassen und stellte nun genaue Vergleiche bei Brigitte an. Es bestanden fast gar keine Unterschiede. Nur die Fingernägel Brigittes waren breiter, auch liefen die Finger nicht so spitz zu wie bei Kornelia.

»Ich spanne die Finger nachts in einen Apparat«, sagte der Arzt. »Es ist schmerzhaft, aber es hilft.«

»Wenn ich mich schon tagsüber quälen lasse – nachts will ich meine Ruhe haben«, erklärte Brigitte.

»Du kannst, wenn du erst Herrin auf Schloss Vestrum bist, so viel Ruhe haben, wie du willst«, erwiderte Johannes. »Erst aber leiste was!«

»Du bist der erste Mann, von dem ich mich derart kommandieren lasse.«

»Weil du mit deinem weiblichen Instinkt merkst, dass es zu deinem Guten ist.«

»Möglich! Ich gehorche dir gern,« sagte sie und blinzelte ihm zu.

Der Arzt nahm noch alle möglichen Messungen an ihr vor, dann knipste Johannes das Licht aus und setzte einen elektrisch betriebenen kinematografischen Apparat in Bewegung, der die ahnungslose Kornelia bei allen möglichen Gelegenheiten auf die Leinewand projizierte.

Brigitte musste jede Bewegung, die Kornelia tat, mitmachen. Der Apparat war so eingestellt, dass er langsam lief und daher ganz präzis jede mit dem Auge sonst kaum wahrnehmbare Veränderung anzeigte. Indem Brigitte genau folgte und die Phasen jeder einzelnen Bewegung nachahmte, eignete sie sich allmählich den Rhythmus Kornelias an, der grade bei Frauen etwas durchaus Eigenes und Persönliches hat.

Und sie traf ihn so genau, dass man auf irgendeine Ähnlichkeit im Charakter schließen musste, der durch die völlige Verschiedenheit der Erziehung und des Milieus, in dem sie lebten, nach Außen hin natürlich kaum noch in Erscheinung trat.

Aber Johannes war doch Psychologe genug, um mit Vergnügen diese Feststellungen zu machen.

Ein Muttermal, das Kornelia auf der linken Schulter hatte, und das, Generationen überspringend, sich seit Jahrhunderten unter den weiblichen Gliedern des Geschlechts der Vestrums forterbte, wurde auf künstlichem und schmerzhaftem Wege Brigitten eingebrannt und solange mit allen möglichen Mitteln behandelt, bis es genau dem Mal Kornelias glich.

Wenn Johannes aber auch an alles dachte, so gab es doch Dinge, denen er machtlos gegenüberstand. So hatte er festgestellt dass Kornelias Fuß um ein Zentimeter schmaler und länger als der Brigittens war und auch die Hände, so sehr sie in der Form einander glichen, wiesen Unterschiede in der Größe auf. Das waren Feststellungen über die er nachsann und die ihm Sorgen machten.

Kornelia hatte bis zur letzten Minute gefürchtet, dass Johannes ihr den Fortgang erschweren, wenn nicht gar unmöglich machen würde. Umso überraschter war sie, als jetzt Johannes erschien und sachlich, fast geschäftlich zu ihr sagte:

»Da ich mich davon überzeugt habe, dass bei der Verschiedenheit unserer Charaktere eine menschliche Annäherung zwischen uns ausgeschlossen ist, so will ich Sie und mich nicht länger quälen.«

Kornelia überlegte, ob sich dahinter nicht wieder irgendeine Überraschung und Gemeinheit verbarg und schwieg.

»Ich bedaure das Interesse und die Mühe, die ich auf Sie verwandt habe und hoffe, dass Sie es zu würdigen wissen, wie ich Ihnen gegenüber handle.«

»Wenn es wirklich so ist, wie Sie sagen – dann bin ich Ihnen dankbar,« erwiderte Kornelia.

Johannes sah sie scharf an. Er suchte sich zu überzeugen, ob sie ihm traute oder Verdacht schöpfte.

»Es ist gewiss ein erhebendes Gefühl«, meinte er, »zu wissen, dass Sie mir dankbar gesinnt sind. Aber Sie kennen mich ja nun zur Genüge, um zu wissen, dass ich Realitäten Sentiments vorziehe.«

Kornelia stutzte, missverstand ihn und wich ein paar Schritte von ihm zurück. Da er aber keinen Versuch machte, sich ihr zu nähern, so fragte sie: »Was meinen Sie damit?«

»Als Dank dafür, dass ich die Situation nicht weiterhin ausnutze und Sie gehen lasse, sollten Sie sich in einer etwas sichtbareren Form als nur durch Gefühle dankbar erweisen.«

Kornelia verstand und sagte: »Wie wäre das möglich, wo ich doch nicht heimkehren kann.«

»Wenn ich Ihnen eine solche Möglichkeit nennen würde, wären Sie dann bereit, meinen Wunsch zu erfüllen?«

»Ich wüsste wirklich nicht ...«

»Antworten Sie!«

»Sofern es mir nicht gegen das Gefühl geht, was Sie von mir fordern.«

»Mir geht es sehr gegen das Gefühl, Sie zu verlieren trotzdem erfülle ich Ihren Wunsch. Sollten daher nicht auch Sie mir ein Opfer bringen können?«

»So nennen Sie es doch!«

»Sie wissen, ich sammle leidenschaftlich Bilder. Alle leidenschaftliche Sammler sind Monomanen – also mehr oder weniger pathologisch. So spielt bei mir der Wert, ja selbst die Qualität der Bilder nicht die ausschlaggebende Rolle. Mir kommt es letzten Endes auch nicht auf die

Seltenheit der Stücke an, vielmehr auf das Ausgefallene, Sonderbare.«

Kornelia hörte aufmerksam zu.

»Ich weiß nicht, ob Sie mich verstehen«, fuhr Johannes fort. »Die Sachen, die ich sammle, müssen Ihre Geschichte haben! Sie müssen mir etwas nicht Alltägliches erzählen. Das Fell eines Tigers muss mich, damit ich es mir ins Zimmer hänge, an den Tod eines guten Freundes erinnern, der der Bestie zum Opfer fiel; ein Dolchmesser, mit dem ich meine Briefe öffne, muss in dem Herzen einer Frau gesteckt haben, die sich aus Liebe zu mir getötet hat; das Porträt einer Zigeunerin, mag es von Frans Hals oder einem unbekannten Meister herrühren, muss – Sie verstehen mich?«

»Also dann bitte!«

»Sie wollen wissen«, sagte Kornelia zögernd, und Johannes fiel ihr ins Wort:

»Wo das Bild in Ihrem Schloss verborgen ist.«

»Alles! Nur das nicht!«, erwiderte Kornelia.

»Grade das ist es, woran mir liegt.«

»Jedes der andern! Sie kennen sie! Es sind sehr wertvolle darunter.«

»Sie haben mich noch immer nicht verstanden. Die Bilder, die da öffentlich herumhängen, kennt jeder Mensch, was jeder kennt, interessiert mich nicht. Mich reizt nur das Verborgene.«

»Mit dem Bilde würde ich das Geheimnis, mit dem Geheimnis den Ruf meiner Familie preisgeben.«

»So dürften Sie reden, solange Sie noch allein über die Preisgabe dieses Rufes verfügten«, erwiderte Johannes. »Sie haben jetzt einen Mitwisser, der bin ich!«

Kornelia überlegte und sagte:

»Einen Mitwisser des Geheimnisses, den habe ich! Und zwar einen, den zu fürchten ich allen Grund habe! Und dem sollte ich nun auch noch die Beweise ausliefern? Nein! Ich tue es nicht!«

»Dann muss Ihr Schicksal seinen Lauf nehmen«, sagte Johannes.

»Mein Schicksal scheint mir, ist schon entschieden. Und ich habe mich damit abgefunden.«

»Wenn Sie sich nur nicht irren.«

»Darf ich nun gehen?«

»Ich halte Sie nicht!«

Kornelia nahm ihre Sachen. Noch einmal versuchte es Johannes.

»So seien Sie doch verständig, Kornelia, wenn Sie den Gedanken an eine Rückkehr auch aufgegeben haben – es ist für eine Frau nicht so einfach, wie Sie es sich denken, sich auf anständige Weise durchs Leben zu schlagen. Einen Rückhalt braucht man schon. Ich will ihn Ihnen schaffen. Aber erfüllen Sie meinen Wunsch! Sagen Sie mir, wo ist das Bild?«

»Warum grade das? Fordern Sie was und soviel Sie wollen! Ich habe zwei Rembrandts, drei wertvolle Grecos ..«

Johannes lachte ganz laut: »Sie haben! Köstlich ist das!« rief er. »Viel eher habe ich. – Jedenfalls ist alles, was

Ihnen gehört, mir greifbarer als Ihnen. Und wenn Sie irgendetwas aus Ihrem Schloss besorgt haben wollen – ich schaffe es Ihnen! – Zum letzten Male also! Wollen Sie mir den Ort nennen, an dem sich das Bild befindet?«

»Nein!«

»Dann zum Teufel mit Ihnen!«, rief Johannes, ging hinaus und warf die Tür hinter sich zu.

Kornelia stand einen Augenblick lang erschrocken, dann stürzte sie zur Tür und überzeugte sich freudig, dass sie nicht verschlossen war. Sie warf sich den Pelz über, nahm ihre Tasche und schlich durch das Wohnzimmer auf den Flur.

An der Flurtür stand Brigitte, die schnell hinter eine Tür trat und Kornelia wie ein Wunder anstarrte. Sie tastete ihren Körper ab, als wollte sie sich überzeugen, dass sie wirklich sie selbst und nicht jene Frau dort war, die bleich und erregt kaum hörbar jetzt an ihr vorüberglitt.

Achtzehntes Kapitel.

In das Haus der Frau van Jörgens ging ein Herr in Zivil, dem man an Gang und Haltung aber ansah, dass er sonst in Uniform zu stecken pflegt. Ob die beiden Polizisten, die im Hausflur rechts und links von der Jörgensschen Villa verschwanden in einem Zusammenhang mit ihm standen, war nicht zu erkennen.

Aber Menschen, die mehr mit dem Gefühl als mit dem Auge den Ereignissen folgen, sahen doch, dass sich hier etwas nicht Alltägliches vorbereitete.

Als kurz darauf Kornelia die Straße entlangkam, in einem Schritt, der bestimmt und voller Hoffnung schien, hatte man das Gefühl, als müsse man auf sie zugehen und ihr warnend »Halt!« zurufen.

Dem Diener, der Kornelia die Türe öffnete, sagte sie:

»Ich bin die Gesellschafterin, die sich Frau van Jörgens vorstellen sollte.«

Sie wurde überaus bereitwillig eingelassen.

Der Salon, in den man sie führte, war elegant und geschmackvoll, vor einem großen Spiegel brachte Kornelia ihr Haar in Ordnung. Jetzt erst nahm sie wahr, dass sie unsicher und erregt war. Ihre Hand zitterte und die Blässe in ihrem Gesicht erschrak sie.

Da sah sie im Spiegel, wie hinter ihr langsam eine Hand die Portiere zurückzog. Deutlich erkannte sie: Es war die Hand eines Mannes. Sie fuhr zusammen und schloss für einen Augenblick die Augen.

Als sie wieder aufsah, stand zwischen der zu beiden Seiten aufgezogenen Portiere, den Blick fest auf sie gerichtet, die Frau, der sie auf dem Ball in jener Nacht unter Johannes Zwang die Kette gestohlen hatte.

Sie trug eine Matinée, die so tief dekolletiert war, wie das Ballkleid an jenem Abend, und der bloße Hals schien ihr laut zuzurufen: »Diebin!«

Entsetzt starrte sie auf das Bild im Spiegel, ließ die Tasche fallen, schrie laut auf und stürzte aus dem Zimmer.

Sie sah noch, wie hinter der Dame, die niemand anders als Frau van Jörgens war, jener Herr in Zivil hervortrat, ans Fenster stürzte, es aufriss.

Als sie eben, ganz nur dem Instinkte folgend und ohne sich Rechenschaft zu geben, was sie tat, die paar Stufen zur Wohnungstür hinablief, hörte sie einen schrillen Pfiff, der sie körperlich traf und ihr wehtat.

Sie wollte rechts die Straße entlanglaufen, da trat ihr ein Polizist entgegen.

Sie machte kehrt – wieder stand, drei Schritte vor ihr, ein Polizist.

Sie stürzte über den Damm, um in den Park zu laufen – hinter einem Baume trat ein Polizist hervor – versperrte ihr den Weg.

Ihr kam der Gedanke, sich in das Haus zurückzuretten – an dem offenen Fenster stand der Herr in Zivil.

Sie blieb stehen. – Ihr Herz stand still. – Die Polizisten kamen näher – stellten im Halbkreis sich vor sie hin – sahen sie an – gaben durch Blicke zu verstehen, dass jeder Versuch, zu entkommen, zwecklos sei.

Der Herr am offenen Fenster gab ein Zeichen. Die Polizisten traten ganz dicht an sie heran, wollten sie fassen; da streckte sie die Arme nach ihnen aus und beugte, als sie zugriffen, die Knie.

Die Polizisten hielten den Pelz, aus dem sie blitzschnell glitt, in der Hand – taumelten, stutzten – und Kornelia lief, lief, ohne sich umzusehen, in den Park.

Der Herr am Fenster wetterte gegen die Polizisten, trieb sie an, wies mit der Hand die Richtung, in der Kornelia lief.

Die Polizisten folgten ihr.

Der Herr in Zivil trat wütend ins Zimmer zurück und sagte zu Frau van Jörgens: »Entwischt!«

Die erwiderte: »Sie holen sie ein!«

»Vielleicht – vielleicht auch nicht! – Mit der ist der Teufel!«

Dann nahm er die Tasche, die Kornelia hatte fallen lassen, von der Erde auf. Er öffnete sie, sah hinein und entnahm ihr die Kette, die Johannes in einem unbemerkten Augenblick hineingelegt hat.

Frau van Jörgens traute ihren Augen nicht.

»Ist das die Kette, die man Ihnen gestohlen hat?«, fragte der Herr.

Frau van Jörgens erwiderte: »Ja!«

»Bitte!«, sagte er und legte ihr die Kette in die Hand.

»Und woher wussten Sie ...?«, fragte sie zögernd.

»Eine anonyme Anzeige!«, erwiderte er. »Vermutlich der Racheakt eines Komplizen, der sich betrogen sah.«

Frau van Jörgens schloss die Augen und sagte: »Das ... mag ... sein.«

Dann ließ sie ihn stehen und wankte aus dem Zimmer.

Die verfolgenden Polizisten kamen Kornelia, deren Kräfte zu Ende gingen, näher und näher.

An einer Kreuzung tat sie erst ein paar Schritte auf dichtes Gestrüpp zu, trat ganz fest auf, lief dann, fast ohne den Boden zu berühren, ein paar Schritte zurück, und hatte noch Zeit, ehe die Polizisten die Kreuzung erreichten, auf einen Baum zu klettern, an den sie sich mit letzter Kraft klammerte.

Als die Polizisten an die Kreuzung kamen, war Kornelia verschwunden. Der Klügste von ihnen wies auf die

Fußspuren, die vom Wege ab, rechts in das Gestrüpp führten. In dieser Richtung folgten sie eine Viertelstunde lang, bis ihnen selbst die Luft ausging, das Herz schlug, der Atem versagte. Dann blieben sie völlig ausgepumpt stehen und gaben, in dem Bewusstsein, ihre Pflicht getan zu haben, die Verfolgung auf.

Erst als sie eine Stunde später dem Herrn in Zivil Meldung erstatteten und der sie anfuhr: »Idioten! Drei ausgewachsene Männer lassen sich von einem Frauenzimmer an der Nase herumführen!« – da erst verloren sie an männlicher Würde, wurden klein und drückten sich an die Wand.

Als Kornelia sich außer Gefahr sah und sich von dem Baum herunterließ, war sie völlig erschöpft. Sie hatte noch grade die Kraft, sich bis zur nächsten Bank zu schleppen, auf der sie, nur halb noch bei Bewusstsein, zusammenbrach.

Sie war sich selbst nicht klar darüber, wie lange sie hier wohl zugebracht hatte, als sie durch Stimmen in der Nähe aufgeschreckt wurde. Sie fühlte, dass sie kaum noch die Kraft hatte, sich aufzusetzen und völlig außerstande war, Widerstand zu leisten. So wandte sie kaum den Kopf um, sah aber doch, dass es keine Verfolger waren, deren Stimmen jetzt deutlicher zu ihr drangen.

Eine äußerst ärmliche, wachsbleiche Frau kam in gebückter Stellung näher und suchte die Erde nach Holz ab. Ihr folgte in einigem Abstand ein Mann von etwa dreißig Jahren, abgearbeitet, elend, abgerissen, der einen mit Holz beladenen Handwagen hinter sich her zog.

Auf dem Wagen hockte ein Kind von kaum fünf Jahren; schmal, gelb, unterernährt.

»Hier komm' her, Vater!«, rief die junge Frau. »Hier gibt's viel Holz,« woraufhin der Mann seinen Wagen näher schob. Die Frau nahm das Kind und setzte es auf die Erde, um das herumliegende Holz besser auf den Wagen packen zu können.

Apathisch kroch das Kind auf der Erde umher und hielt plötzlich ein goldenes Armband in der Hand, das Kornelia beim Hinaufklettern auf den Baum verloren hatte.

Die Mutter sah es, lief hinzu und nahm es ihm ab.

»Sieh' nur!« rief sie ihrem Manne zu, »was unsere Elisabeth gefunden hat!«

»Was ist das?«, fragte der ohne Interesse.

Die Frau war ganz in den Anblick des Armbands versunken.

»Unsere Elisabeth braucht sich nur zu bücken und hebt mehr auf, als wir in drei Monaten verdienen«, erwiderte die Frau. »Die wird einmal mehr Glück im Leben haben als wir.«

Der Mann war an Frau und Kind herangetreten. Strahlend zeigte sie ihm das Schmuckstück.

»Das ist Tausende wert!«, rief sie, sah plötzlich Kornelia, die den Vorgang genau verfolgte, im selben Augenblick aber, in dem die Frau zu ihr hinsah, die Augen schloss. »Leise!«, sagte sie, »am Ende gehört das Armband gar ihr.«

»Wem es gehört ist ganz gleich«, erwiderte der Mann. »Uns gehört es jedenfalls nicht!«

»Du wirst doch nicht etwa ...?«, fragte die Frau erschrocken und schloss die Hand, in der sie das Armband hielt, »Das wäre ja Wahnsinn! Wahnsinn wäre das!«

»Geh!« trieb sie der Mann an, »und frage die Dame da, ob es ihr gehört.«

»Du bist toll!«, erwiderte die Frau bestürzt, »als ob wir es nicht nötiger hätten als die!«

»Darauf kommt es nicht an!«

»Doch!«

Die Frau nahm das Kind auf und hielt es ihm vor das Gesicht.

»Sieh' dir dein Kind an! Es ist schwach und blass wie der Tod! Mit dem Gelde, das wir dafür bekommen« – und sie wies auf das Armband – »kriegen wir unser Kind hoch, und machen es stark und kräftig.«

Der Mann schien zu überlegen.

Voller Erwartung sah die Frau ihn an.

»Nein!«, sagte er plötzlich und noch bestimmter als zuvor.

»Von dem, was wir anderen fortnehmen, wollen wir unser Kind nicht hochbringen! Dabei käme nichts Gutes heraus. Nicht wahr, Elisabeth, das willst du auch gar nicht?« sagte er zu dem Kinde und nahm es der Mutter ab, die beschämt den Kopf senkte und das Armband zu Kornelia trug.

Kornelia war von dem Vorgang aufs Stärkste beeindruckt.

»Das gibt es?«, fragte sie sich immer wieder und glaubte, zu träumen. »So gut sind Menschen?« – Und sie zog Vergleiche mit sich und empfand tiefe Reue.

»Behalten Sie das Armband!«, sagte sie zu der Frau, streifte einen kostbaren Ring vom Finger, gab ihr auch den und sagte:

»Und viele gute Wünsche für Ihr Kind!«

Das Glück der beiden Leute, von denen plötzlich alle Erdenschwere abzufallen schien, die wie erlöst zu ihr aufblickten, und deren Augen zu fragen schienen: – ist es denn wahr? – dieser Vorgang, der wie ein Wunder auf Kornelia wirkte, war das stärkste Erleben und der glücklichste Augenblick ihres Lebens. – Wie ein Zeichen des Himmels, das ihre Befreiung von dem Fluch vorbereitete, erschien es ihr.

Kornelia folgte nun ganz ihrer Stimmung. Sie ging durch den Park, sprach Kinder, die aus der Schule kamen, an, und fragte sie: »Habt ihr nicht irgendwo Polizisten gesehen?« Die Kinder lachten und verstanden erst nicht. Dann aber nickten sie mit den Köpfen und nannten irgendeinen Platz oder Straße, die Kornelia nicht kannte.

»Wollt Ihr mich nicht dahin führen?«, fragte Kornelia. Und da die Kinder sie erstaunt ansahen, so fügte sie hinzu: »Ich bin krank und möchte gesund werden.«

Da taten sie, als wenn sie Kornelia verstanden – am Ende taten sie nicht nur so – unverbildete Kinderseelen sehen oft tief – nahmen sie rechts und links bei der Hand und führten sie durch den Park auf einen Platz, an dem ein Polizist stand.

Als sie dicht vor ihm standen, sagte Kornelia: »Führen Sie mich ab! Ich habe gestohlen und will meine Schuld sühnen.«

Mit großen, teilnahmsvollen Augen sahen die Kinder zu dem verblüfften Polizisten auf, der erst den Kopf schüttelte, dann aber glaubte, eine Geisteskranke vor sich zu haben und schon der Kinder wegen, die er schützen wollte; schließlich sagte: »Kommen Sie!«

Neunzehntes Kapitel.

»Sonst, noch was gefällig??«, fragte Brigitte als Johannes sie in Gemeinschaft mit dem Arzte wieder einmal stundenlang gequält hatte.

»Jetzt kommt die Hauptsache!«, erwiderte Johannes.

»Ich bin am Ende meiner Kraft!«

»Bravo!«, sagte der Arzt. »Wie gewählt sie spricht. Als wenn sie tatsächlich auf einem Schlosse großgezogen wäre.«

»Meine Schule!«, erwiderte Johannes. »Sie spricht nicht nur wie eine Dame, sie fühlt, und nicht wahr, Brigitte, sie isst auch so.«

»Als ob ich das nicht immer getan hätte!«

Da lachte Johannes laut auf und sagte: »So eine Frechheit! Die Teller hat sie abgeleckt und die Tunke aus der Sauciere getrunken.«

»Um dich zu reizen!«

»So ein Schwindel! Vielleicht hast du dich auch meinetwegen mit dem Messer in den Mund geschnitten.«

»Selbstredend! Wenn ich gewohnt gewesen wäre, mit dem Messer zu essen, wäre es mir bestimmt nicht passiert.«

»Dumm ist sie nicht«, sagte Johannes zu dem Arzt. »Sie hat sich schnell umgestellt. Nur gegen Kunst und Literatur ist sie völlig immun.«

Er holte aus einem Versteck hinter der Tapete einen Rembrandt hervor und stellte ihn neben einen Kokoschka, der an der Wand hing.

»Welches Bild glaubst du«, fragte er sie, »stammt aus einer älteren Zeit? Ich will es dir erleichtern: Das eine ist ein paar Hundert Jahre, das andere ein paar Monate alt.«

»Willst du mich frotzeln?«, fragte sie. »Das sieht doch ein Blinder!« – Und auf dem Kokoschka weisend, sagte sie: »Da war die Malerei ja noch Kleckserei! Das wirkt wie hingeschmissen. Man kann sich dabei denken was man will; was Richtiges oder was Falsches! Es hängt von der Stimmung ab.« –

»Du meinst also, dass dieser Kokoschka der Ältere ist?«

»Natürlich! Und das redest du mir auch nicht aus.«

»Ein völlig hoffnungsloser Fall!« entschied Johannes. Dann spannte er eine Leinewand auf, die den ganzen Grundriss des Schlosses Vestrum enthielt. Es stellte sich heraus, dass Brigitte sich in den Räumen bereits genau auskannte.

»Wo haben Sie das her?«, fragte der Arzt.

»Von meinem Faktotum Peter Last, der seit vierzehn Tagen im Schloss wohnt.«

»Nanu? Was tut er da?«

»Er macht Feststellungen, wie sie sehen, aus denen Brigitte, die künftige Schlossherrin, profitiert. Sie darf sich doch nicht blamieren und muss sich auskennen, wenn sie in das Schloss ihrer Väter zurückkehrt.«

»Das begreife ich, aber wie haben sie diesen Peter Last da eingeschmuggelt?«

Johannes ging an einen Schrank und zeigte dem Arzt die Kopie eines Briefes, der aus Madrid datiert und an die Amme in Schloss Vestrum gerichtet war. Es war darin erst von seinen Bemühungen um Kornelia die Rede, die sicheren Erfolg versprachen. Dann hieß es weiter:

»Der Überbringer dieser Zeilen ist ein Landsmann von mir, namens Pieter Longaard, der in Madrid Kunstgeschichte studiert und von der Fakultät mit einer Arbeit über holländische Meister des siebzehnten Jahrhunderts betraut ist. Da ich weiß, dass sich in Ihrer Bibliothek für seine Arbeit wertvolle Handschriften befinden, so bitte ich Herrn Longaard, für dessen Persönlichkeit ich volle Verantwortung übernehme, zu erlauben, in der Bibliothek des Schlosses zu arbeiten.« –

»Sie sind zu Größerem geboren!«, sagte der Arzt und lachte laut.

»Menschen wie ich, hängen von der Konjunktur ab«, erwiderte Johannes. »Napoleon wäre in meinem Milieu auch nicht Kaiser von Frankreich geworden.«

»Was habt Ihr heute mit mir vor?«, fragte Brigitte. »Wenn Ihr Euch soviel Honig ums Maul schmiert, weiß ich schon, dass ich die Leidtragende bin.«

»Also, Herr van Gudry«, sagte der Arzt, »Ihre Schülerin pflegt eine Konversation! Wenn man bedenkt, dass sie vor vier Wochen noch Kellnerin im »Strammen ...«

»Halt's Maul!« fiel ihm Brigitte ins Wort und schlug ihn mit der Hand derart auf den Mund, dass er aufschrie und sich dabei in die Zunge biss.

Johannes packte Brigitte wütend beim Arm und sagte leise: »Diesen Rückfall in dein früheres Leben sollst du mir teuer bezahlen.«

»Es kann dir passieren, dass ich dir davonlaufe.«

»Wobei du mehr verlieren würdest als ich.«

»Das ist ja das Dumme!«

»Oder das Gute! – Und zwar für uns beide! Wir gehören für absehbare Zeit zusammen und müssen uns daher aneinander gewöhnen.«

»Wenn du so eklig bist, gewöhne ich mich nie an dich!«

»Ich will versuchen, mich zu bessern«, versprach Johannes, worauf Brigitte auffuhr und rief:

»Ach du lieber Gott, was mag mir bevorstehen, dass du so sprichst!«

»Sie kennt Sie besser als sie glauben«, meinte der Arzt. »Ich meine daher auch, dass wir ihr ohne viel Umschweife sagen, um was es sich handelt.«

»Also los!« drängte Brigitte. »Aber eins sage ich Euch: Wenn es sich etwa herausstellen sollte, dass diese Kornelia nur einen Arm oder ein Bein oder gar falsche Haare hat, verstümmeln lasse ich mich nicht!«

»Auch nicht nötig!«, erwidert« Johannes. »Du sollst dich nur verblöden lassen.«

Brigitte wich zurück.

»Auf den Kopf schlagen lasse ich mich' nicht! Wenn Kornelia eine Idiotin ist, so kann ich ja verrückt spielen.«

»Nein! So eine Intelligenz!« rief der Arzt, und Johannes lächelte, nahm Brigitte bei der Hand und sagte:

»Darum eben handelt es sich.«

»Ihr wollt mich einsperren?«, fragte sie ängstlich.

»Ja! – Das heißt, vorübergehend.«

»In eine Gummizelle! – Hinter Gitter?«

»Aber nein! Du sollst ja nicht gemeingefährlich sein, sondern nur blöde.«

»Nur ist gut! Als ob das bei meiner Intelligenz eine Kleinigkeit wäre.«

»Grade, dank deiner Intelligenz wird es dir leicht fallen.«

»Was hab' ich zu tun?«

»Das wird der Arzt dir sagen!«

»Und, was wichtiger ist, auf wie lange?«

»Ein paar Wochen nur.«

»Und dann?«

»Ist der Weg frei.«

»Dein Wort darauf!« – Sie streckte ihm die Hand hin. Eben wollte er einschlagen, da zog sie schnell die Hand zurück, wandte sich an den Arzt und sagte: »Versprechen Sie's mir lieber, Doktor!«

»So eine Frechheit!«, sagte Johannes.

»Wahrheiten pflegen selten höflich zu sein«, erwiderte Brigitte.

»Diese Frau ist köstlich!«, sagte der Arzt und drückte Brigitte die Hand.

Johannes ging aus dem Zimmer. Als ihn der Arzt nach einer Stunde wieder hereinrief, fragte er: »Na! Wie hat sie sich angestellt?«

Der Arzt erwiderte: »Fragen Sie sie selbst!«

Brigitte sah auf einem Sessel und kehrte ihm den Rücken zu.

Johannes rief: »Brigitte!«

Sie rührte sich nicht.

»Ach so!«, sagte er lachend. »Ich verstehe. Also denn: Kornelia! He!!!«

Brigitte rührte sich nicht.

»Was bedeutet das?«, sagte Johannes.

Der Arzt zog die Schultern hoch, machte ein bedenkliches Gesicht und sagte: »Es ist eine alte Erfahrung, dass es leichter ist, Menschen krank als gesund zu machen.«

»Was denn?«, fragte Johannes unsicher.

»Die Kranke leidet an zeitweisen Bewusstseinstrübungen und hat völlig ihr Gedächtnis verloren.«

Johannes war an den Sessel herangetreten. Im ersten Augenblick erschrak er. War eine so vollendete Verstellung möglich? Er selbst war ja Künstler in diesem Fach, das er als Wissenschaft auffasste und betrieb. Aber jeder Kunst waren Grenzen gezogen. Hier waren sie über- wunden. Der Kopf Brigittes schien plötzlich schief am Genick zu sitzen. Man hatte das Gefühl, als müsste er je- den Augenblick abrutschen. Die Augen quollen weit aus den Höhlen hervor, glotzten, als wollten sie herauskul- lern. Der Mund war schief und schloss nicht, die Unter- lippe war herabgezogen. Auch die Schultern hingen herab, und man hatte den Eindruck, als müsse man den ganzen Körper, der zusammengeklappt schien, aufrich- ten.

Johannes staunte Brigitte an.

»So beschäftigen Sie sich doch mit ihr,« drängte der Arzt.

»Eine Künstlerin ersten Ranges!«, sagte Johannes, und zu Brigitte gewandt fuhr er fort: »Hältst du es lange in der Stellung aus?«

Brigitte rührte sich nicht.

»Wo kommst du her?«, fragte Johannes.

Brigittes Ausdruck wurde noch blöder.

»Von oben«, lallte sie.

»Prachtvoll!«, rief Johannes und rieb sich die Hände.

»Kennst du eine Kellnerin namens Brigitte?«

Sie sah ihn verständnislos an.

»Kennst du Kornelia van Vestrum?«

Brigitte hob den Kopf ein wenig und tat interessiert. Ih- re Brust hob und senkte sich wie bei einer starken Ge- mütserregung. Die Augen wurden größer und standen voller Tränen.

»Eine Künstlerin! Eine große Künstlerin!« rief Johannes. Er nahm ihre Hand!, die kalt und ohne Willen schien. »Bist du am Ende auch gelähmt?«, fragte er.

Sie gab keine Antwort.

»Kennst du Johannes van Gudry?«

Sie lächelte blöd.

»Aber deine Amme kennst du doch?«

Sie verzog keine Miene.

»Wo warst du, bevor du hier herkamst?«

Brigitte dachte nach, schüttelte den Kopf und sagte: »Ich weiß nicht!«

»Wie heißt du denn?«

Sie lächelte und schloss die Augen.

»So sag's doch,« drängte Johannes.

»Ich hab's vergessen.«.

»An was denkst du denn so den ganzen Tag über?«

»An mich!«

»Gibt es denn da so viel nachzudenken?«

»Ich weiß nicht.«

»Jedenfalls: Dies Verrücktspielen liegt dir ausgezeichnet.«

»Es ist himmlisch bequem, so blöd zu sein,« erwiderte Brigitte, worauf Johannes meinte:

»Umso mehr musst du in unbewachten Augenblicken normal üben. Sonst wird das Idiotische bei dir zur zweiten Natur, und wir haben dich auf dem Gewissen.«

»Das würde dich, sofern es nicht deine Pläne kreuzt, wenig stören!«, erwiderte Brigitte.

»Wie du mich kennst!«, sagte Johannes. »Jedenfalls bist du als Wertobjekt bei mir seit heute im Kurse gestiegen. Du kannst sämtliche Galerien Europas plündern und wirst aufgrund medizinischer Gutachten nie zur Verantwortung gezogen werden.«

Johannes war in dieser Hoffnung, deren Verwirklichung nur von der Frage abhing, ob es ihm gelang, Brigitte zu seiner Kreatur zu machen, so glücklich, dass er ihre Hände ergriff und beinahe mit Pathos, über das er selbst staunte, sagte: »Brigitte, ich glaube, du und ich, wir könnten einander lieb haben!«

»Jetzt, wo du mir meine Veranlagung gezeigt hast«, erwiderte Brigitte trocken, »ist es für mich am Ende einträglicher, mich selbstständig zu machen.«

»So undankbar wirst du nicht sein!«

»Jeder ist sich selbst der Nächste.«

»Ohne mich säßest du heute noch als Kell ...«

»Pscht!«, rief Brigitte und hielt ihm den Mund zu. »Wenn du mich noch einmal daran erinnerst, nehme ich meine alten Manieren wieder an, und du kannst mit mir von vorn beginnen.«

Und da Brigitte unberechenbar und zu allem fähig war, so schwieg Johannes.

Zwanzigstes Kapitel.

Kornelia weigerte sich auf dem Polizeibureau, ihren Namen zu nennen, sie erklärte nur, dass sie gestohlen habe und genau, wie jeder andere Dieb abgeurteilt und bestraft zu werden wünsche.

»Wen haben Sie denn bestohlen?«, fragte der Kommissar.

»Diesen und Jenen. Ich gebe Ihnen mein Wort, dass ich die Wahrheit sage. Seit Jahren stehle ich. Ich kann es Ihnen beweisen.«

Auch der Kommissar und seine Beamten glaubten, es mit einer Geisteskranken zu tun zu haben. Trotzdem forschte er pflichtgemäß weiter.

»Und warum wollen Sie Ihren Namen nicht nennen?«

»Weil der nichts zur Sache tut, und ich ihn nicht besudeln will.«

»Hm! Das lässt sich hören, erschwert aber die Untersuchung.«

»Auf Diebstahl steht doch Strafe; und ob der Dieb nun Schulze oder Müller heißt, das bleibt sich doch gleich.«

»Ich kann doch keine Akten anlegen, wenn ich Ihren Namen nicht weiß.«

»So schreiben Sie Müller.«

»Was denken Sie!« wehrte der Kommissar entrüstet ab. »Einmal wäre das eine intellektuelle Urkundenfälschung, und dann würden die Träger dieses Namens mit Recht dagegen protestieren.«

»Dann eröffnen Sie gegen Unbekannt.«

»Gibt's nicht! Wir haben ein geordnetes Staatswesen und daher auch ein geordnetes Gerichtsverfahren. Und wenn Sie Ihren Namen nicht nennen wollen, so kann ich gegen Sie auch nicht vorgehen.«

»Ja, wenn ich nun einen Mord begangen hätte?«

»Dann wäre ebenfalls das Erste die Feststellung Ihres Namens.«

»Und wenn ich mich auch dann weigern würde, ihn zu nennen?«

»Dann würden wir ihn schon herausbekommen.«

Kornelia stutzte.

»Sie glauben, dass ... Sie ... den Namen ... ermitteln würden?«

»Wir haben schon ganz anderes ermittelt!«

»Nein! Nein!« wehrte Kornelia ab. – »Wenn Sie die Absicht und die Möglichkeit haben, den Namen zu ermitteln, dann will ich es mir doch lieber noch überlegen.«

Der Kommissar sah auf. Jetzt erst nahm er sie ernst.

»Was wollen Sie denn gestohlen haben?«, fragte er interessiert.

Kornelia zögerte.

»So sagen Sie's nur,« drängte er.

Kornelia senkte den Kopf und sagte:

»Eine Halskette.«

»Wie sah die aus?«

»Es waren, glaube ich, brasilianische Brillanten.«

Der Kommissar zog den Rücken stramm und wurde um einen Kopf länger.

»Wo?«, fragte er und ließ kein Auge von Kornelia.

»Auf dem Opernball!«

Da schnellte der Kommissar in die Höhe und rief:

»Sie sind verhaftet!«

Zwei Polizisten traten vor und stellten sich rechts und links von Kornelia.

Der Kommissar schlug ein dickes Buch auf, blätterte darin.

»Stimmt!«, sagte er. »Die Bestohlene ist eine Frau van Jörgens.«

»Ja!«, erwiderte Kornelia.

»Und Sie – soll ich Ihnen sagen, wer Sie sind?«

»Das können Sie nicht!«, erklärte sie leidenschaftlich und bestimmt.

Der Kommissar triumphierte.

»Sie sind die Kellnerin Brigitte Madsen.«

»Sie beschuldigen eine Falsche!«

»Sind Sie's oder sind Sie's nicht?«

»Ich bin es nicht!«

»Das Leugnen wird Ihnen nicht viel helfen. Es sind Zeugen da, die das Halsband bei Ihnen gesehen haben.«

»Ich gebe ja zu, es gestohlen zu haben. Aber ich bin nicht die Person, deren Namen Sie eben nannten.«

Der Kommissar erwiderte:

»Demnach scheinen Sie noch mehr auf dem Gewissen zu haben. Ich wüsste nicht, weshalb Sie sonst diese Scheu haben, sich zu erkennen zu geben.«

»Sie irren sich wirklich!«

»Und wenn ich Ihre Identität durch einwandsfreie Zeugen nachweise?«

»Das wird Ihnen nicht möglich sein«, erwiderte Kornelia.

Der Kommissar erklärte:

»Alles Weitere wird sich finden,« und ließ sie durch einen der Polizisten in einen Nebenraum führen. Dann setzte er sich mit der Zentrale der Polizeibehörde in Verbindung und bekam den Bescheid, dass der Gewährsmann, von dem die Anzeige ausgegangen war, zwecks Gegenüberstellung in sein Bureau kommen werde.

Es waren kaum zehn Minuten vergangen, da fuhr Johannes van Gudry bei dem Polizeibureau vor und ließ sich melden. Und nach weiteren fünf Minuten standen Kornelia und Johannes sich bei dem Kommissar gegenüber.

Als Kornelia eintrat und Johannes sah, entfärbte sie sich und dachte: »Das ist das Ende!«

»Sie kennen die Frauensperson«, fragte der Kommissar Johannes und wies auf Kornelia.

»Ja!«, erwiderte der bestimmt. »Ich habe sie auf dem Opernball gesehen, wie sie die Kette stahl, und bin ihr dann später als Kellnerin in einem Lokal begegnet. Ich glaube es hieß ›Der stramme Hund!‹ Ich ließ mir von dem Wirt ihren Namen nennen und erstattete Anzeige.«

Wie aus einer anderen Welt sah Kornelia zu ihm auf.

»Er oder ich haben den Verstand verloren«, sagte sie sich.

»Und wie war der Name?«, fragte der Kommissar.

Sie hob die Arme hoch, und ihr bittender Blick, der Johannes traf, sagte: »Nenn' ihn nicht!«

Johannes nahm gar keine Notiz von ihr. Mit fester Stimme sagte er: »Sie heißt Brigitte Madsen.«

Kornelia atmete erleichtert auf, war dankbar und dachte: Bei alledem schont er mich doch und erspart mir das Letzte.

»Nun!« wandte sich jetzt der Kommissar zu ihr, – »was haben Sie zu erwidern?«

»Nichts!«, sagte sie.

»Sie geben das zu, Brigitte Madsen zu sein?«

»Ja!«

Triumphierend befahl er dem Polizisten.

»Führen Sie die ab.«

Und Kornelia verließ das Zimmer leichteren Herzens, als sie es betreten hatte.

Einundzwanzigstes Kapitel.

Johannes beugte sich aus dem Wagen und rief dem Chauffeur zu: »Langsam fahren!«

Links von der Chaussee führte ein Fußweg über das Feld. Ein Wegweiser mit einem Pfeil gab wohl die Richtung des Fußweges an, verschwieg aber das Ziel, an das er führte.

Johannes überlegte, ob er aussteigen sollte, denn nach seinem Plan, den die neben ihm sitzende Brigitte hielt, musste es hier ungefähr sein.

Plötzlich fuhr Brigitte auf und wies mit der Hand auf ein Riesengebäude, dessen Konturen sich von einem Stück Wald, der etwa fünf- bis sechshundert Meter zurücklag, deutlich abhoben.

»Das kann es sein!«, rief Johannes und fand seine und Brigittes Vermutung sogleich bestätigt. Denn ein Schild, das an einem Baum befestigt war, verkündete:

»Fahrweg zur Landesirrenanstalt.«

»Halt!«, rief er dem Chauffeur zu und brachte Brigitte, die in von Kornelia zurückgelassenen Kleidern steckte, in Unordnung. Dann lockerte er ihr Haar, sodass Strähnen herabfielen, ließ sie sich im Chausseestaub wälzen und sagte: »So! Und nun Brigittchen, kommt die Hauptnummer deines Programms, sobald sich irgendein Mensch zeigt, der einigermaßen Vertrauen einflößt, setzt du dich da auf den Meilenstein und ...«

»... spielst verrückt!« ergänzte sie. »Ich kann es schon singen, so oft hast du es mir gesagt.«

»Umso besser, wenn Du es weißt.«

»Viel mehr interessiert es mich, zu wissen, wann du mich aus der Idiotenanstalt wieder herausholst?«

»Sehr bald!«

»Das besagt gar nichts.«

»Ich habe dasselbe Interesse wie du daran, so schnell wie möglich ans Ziel zu kommen. Denn auch für mich wird die Situation allmählich unhaltbar.«

»Also gut! Sagen wir im Höchstfall drei Wochen. Sonst kann dir passieren, dass eines Tags ein Wunder geschieht und ich als geheilt entlassen werde.«

Johannes redete ihr zu.

»Geh! Geh!« drängte Brigitte plötzlich und wies in die Richtung der Anstalt. Johannes sah zwei schwarze Punkte, die sich fortbewegten, ohne erkennen zu können, ob es Menschen waren. Trotzdem fand er ihre Vorsicht berechtigt, gab ihr die Hand, bestieg das Auto und fuhr davon, obschon er ihr noch alles möglich hatte sagen wollen.

Brigitte sah dem Wagen nach, beobachtete dann genau die beiden Punkte, die immer näher kamen, größer wurden und schließlich Gestalt annahmen. – Brigitte setzte sich auf den Stein, ließ die Augen hervortreten, beugte den Kopf schief, schob die Unterlippe herab, ließ die Schultern hängen und sah im selben Augenblick auch schon wie eine vollendete Idiotin aus.

Es zeigte sich, dass, was sich dort hinten fortbewegte, Menschen waren, die schnell näherkamen. Es war eine Dienstmagd und eine Art Hausknecht, die einen Korb mit Wäsche schleppten.

Die Magd wies schon von Weitem auf Brigitte und sagte: »Sieh doch! Die kann so bleiben!«

Der Mann kniff die Augen zusammen und erwiderte: »Komm schnell! Ehe sie uns sieht und ausrückt.«

»Warum soll sie vor uns ausrücken?«

»Du lebst nun anderthalb Jahre unter Idioten und kennst dich noch immer nicht aus.«

»Du meinst ...?«

»Natürlich meine ich. Die Frau ist bestimmt bei uns ausgebrochen, wir müssen sie wieder einfangen.«

»Am Ende ist sie gefährlich! – Ich rühre sie nicht an.«

»Angstpeter!«

Sie waren jetzt ganz dicht an sie herangekommen.

»He!«, rief der Mann.

Brigitte bewegte sich nicht.

Er schrie lauter: »He--e! Sie da! Hören Sie denn nicht?«

Brigitte zupfte, ohne aufzusehen, an einer Blume.

»Die Ärmste!«, sagte das Mädchen, traute sich aber nicht an Brigitte heran.

»Was machen Sie da? Warum sitzen sie hier?«, fragte der Mann und versuchte, ihr die Blume aus der Hand zu nehmen.

Brigitte fauchte, sprang auf und fiel ihn an.

Das Mädchen schrie laut auf und lief, ohne sich um den Korb zu kümmern, in der Richtung nach der Anstalt hin davon.

Der Mann packte kräftig zu und sagte mehr zu sich: »Dich wer' ich schon kriegen.«

So plötzlich Brigitte in Wut geraten war, so plötzlich verfiel sie jetzt wieder in einen Zustand der Gefühllosigkeit. Als der Mann sie losließ, sank sie in die Knie und blieb so bewegungslos sitzen.

Der Mann steckte zwei Finger in den Mund und pfiff in der Richtung, in der die Magd eben davonlief. Als die sich umwandte, winkte er ihr zu und rief: »Komm!«

Die schüttelte den Kopf und lief nur umso schneller auf die Anstalt zu, während der Mann zwischen Brigitte und dem Korb mit Wäsche ratlos zurückblieb.

In die Anstalt zurückgekehrt, schlug das Mädchen Lärm, und zwei handfeste Männer brachen auf, um mit Hilfe des dritten, Brigitte, die sich ruhig abführen ließ, in die Anstalt zu bringen.

Hier stellte es sich heraus, dass sie keine der Insassinnen war, und der Arzt, dem sie vorgeführt wurde, machte – genau wie seinerzeit der Kommissar – Schwierigkeiten, sie aufzunehmen.

»Ich habe keinerlei Anweisung«, sagte er, »und vor allem fehlen die Papiere. Ich weiß ja nicht einmal, wen ich vor mir habe.«

»Eine Geisteskranke«, erwiderte eine Schwester. »Eine Heimatlose, die wir in diesem Zustande doch unmöglich sich selbst überlassen können.«

»Das sind sehr schöne Worte«, erwiderte der Arzt. »Aber ich muss nach dem Reglement verfahren.«

»Und wenn sich die Kranke in einer Stunde unter einen fahrenden Eisenbahnzug wirft oder gar einen Menschen umbringt, was dann?«

»Dann kann mir niemand einen Vorwurf machen, denn ich bin ...«

»... nach dem Reglement verfahren,« ergänzte die Schwester.

»Sehr richtig!«, erwiderte der Arzt schroff. »Und auch Sie werden sich diesem Reglement unterwerfen.«

»Dazu müsste ich erst aufhören, Mensch zu sein.«

»Wir sind hier Beamte.«

»Sie wollen die Kranke also nicht aufnehmen?«

»Nein!«

»Dann gehe ich mit ihr. Allein lass' ich sie nicht.«

In diesem Augenblick gab Brigitte Laute von sich, die mehr ein Lallen als Sprechen waren, Arzt und Schwester wandten sich um und sahen, wie Brigitte Geldnoten aus der Tasche zog und sich abmühte, sie in die Heizungsröhren zu stecken.

»Um des Himmels willen!«, rief der Arzt, sprang auf sie zu und versuchte, ihre Hände festzuhalten. Brigitte wehrte sich. »Tausendmarkscheine!«, rief er ganz außer sich und zog ihr einen ganzen Stoß solcher Scheine aus der Tasche, »so helfen sie mir doch!« fuhr der Arzt die Schwester an.

»Mich interessiert nur die Kranke! Und ob sie das Geld in die Heizung steckt oder in der Tasche behält, ist für ihren Gesundheitszustand völlig belanglos.«

»Sie wissen ja nicht, was sie reden!«, sagte der Arzt, zitterte vor Erregung und öffnete mit Gewalt die krampfhaft geschlossene Hand Brigittes.

Die Schwester lächelte, als sie das plötzlich erwachte, leidenschaftliche Interesse des Arztes sah.

»Wir werden sie doch hier behalten müssen«, meinte der Arzt.

»Wieso denn plötzlich?«, fragte die Schwester.

»Wir können ihr doch unmöglich die Scheine wieder in die Tasche stecken, sie bekommt es fertig und wirft sie in den nächsten Chausseegraben.«

»Anzunehmen! Aber was kümmert uns das?«

»Erlauben Sie mal! Nachdem wir das hier mit angesehen haben, kann man uns verantwortlich dafür machen.«

»Für das Geld?«

»Ja!«

»Für den Menschen aber nicht?«

Der Arzt war um eine Antwort verlegen und schickte die Schwester hinaus. –

Johannes war ein guter Psychologe gewesen, als er Brigitten das Geld mit auf den Weg gegeben hatte. Er kannte die Menschen! – Aber auch Brigitte hatte sich ihres Meisters würdig erwiesen.

Nicht nur, dass sie sich dieses Hilfsmittels im richtigen Augenblick mit ausgesuchtem Raffinement bediente, sie spielte auch jetzt, als der so plötzlich Interessierte alle ärztliche Kunst springen ließ, um etwas aus ihr herauszubringen, mit solcher Vollendung die Kranke, dass er schließlich die Zwecklosigkeit weiteren Forschens einsah und in sein Aufnahmebuch schrieb:

»Eingeliefert am 26. März eine unbekannte, etwa fünfundzwanzigjährige, den vornehmen Ständen angehörende Frauensperson, die große Barmittel bei sich führte und vormittags auf der Chaussee, die nach Aarhus führt, aufgefunden wurde. Die genaue Untersuchung ergab:

Progressive Paralyse bei permanentem völligen Aussetzen des Gedächtnisses und partieller Bewusstseinstrübung.«

Brigitte bekam ein verhältnismäßig freundliches Zimmer, ein hartes Bett, wenig und schlechtes Essen, Wasser, den Besuch des Anstaltsgeistlichen, der irgendeine Stelle aus der Bibel aufschlug und ihr vorlas und eine Tafel, auf der mit Kreide die Zahlen eins bis zehn geschrieben waren. Irgendwer erschien dreimal am Tage und sagte ihr, mit einem schmutzigen Finger auf die Tafel weisend, laut vor: »Eins – zwei – drei – vier – fünf – sechs – sieben – acht – neun – zehn«, dann ging er wieder.

Brigitte verkannte den Zweck der Übung, der natürlich darauf gerichtet war, ihr Gedächtnis neu zu wecken. Und als der Mann eines Tages wieder laut zählend über die Zahlen fuhr, sprang sie plötzlich auf, stürzte wie ein wildes Tier auf ihn zu und biss ihn derart rücksichtslos in den schmutzigen Finger, dass er laut aufschrie, hinausstürzte und drei Tage lang nicht wiederkam.

»Warte nur Brüderchen!«, dachte Brigitte als er am vierten Tage, mit einem Verband um den Finger, wieder erschien und zaghaft die Zahlen las – »das nächste Mal packe ich fester.«

Zweiundzwanzigstes Kapitel.

In dem Prozess gegen Kornelia traten als Zeugen Johannes van Gudry und Frau van Jörgens auf.

Da Kornelia weder bestritt, die Kellnerin Brigitte Madsen zu sein, noch in Abrede stellte, den Schmuck gestohlen zu haben, so nahm die Verhandlung kaum eine halbe Stunde in Anspruch.

Der gute Eindruck, den ihre freiwillige Stellung, ihr Geständnis und die offensichtliche Reue machten, wurde durch das Zeugnis der dicken Frieda, die sich als ihre Wirtin ausgab, mehr als aufgehoben.

»Ich habe,« so sagte diese Zeugin aus, »die Person aus purem Mitleid bei mir aufgenommen. Und wie hat sie's mir gedankt? Belogen und bestohlen hat sie mich! Und eines Nachts ist sie mit meinen besten Sachen auf und davon gegangen.«

Das Strafverfahren wurde, da Kornelia nicht widersprach, auch auf diesen Fall ausgedehnt, obgleich die Anzeige erst am Tage vor der mündlichen Verhandlung erfolgt war. Angeblich hatte Frieda im »Strammen Hund« von Brigittes Verhaftung erfahren und daraufhin auch ihren Fall anhängig gemacht.

Unter Tränen sagte sie aus: »Ich war dem Mädchen immer so gut! Und wenn sie mir das Hemd vom Leibe gerissen hätte – ich hätte sie nicht ins Unglück gestürzt und keine Anzeige erstattet.«

»Und warum haben sie es nun doch getan?«, fragte der Richter.

»Weil ich bei einem Besuch im ›Strammen Hund‹ von der Geschichte hörte und mir sagte: Wenn die arme Brigitte denn doch schon dran glauben muss, dann macht es für sie nichts aus, wenn ich auch gleich meine Geschichte vorbringe. Ich bin eine arme Frau und komme so vielleicht wieder zu meinen Lachen. Aber ich von mir aus hätte nie den Anstoß gegeben.«

Und als der Richter ihr eröffnete, dass grade ihr Fall das Bild der Anklage zu Brigittes Ungunsten verrücke, dass sie sonst vielleicht mit einer bedingten Verurteilung davongekommen wäre, nun aber hohe Strafe zu erwarten habe, da schluchzte Frieda laut auf und sagte:

»Dann will ich nichts gesagt haben! Ich widerrufe!«

»Das gibt es nicht! Sie haben geschworen!«

»Arme Brigitte!«, rief sie unter Tränen, »Aber ich verspreche dir, ich sage nichts weiter! Ich behalte alles für mich. Und wenn sie mich einsperren!«

»Sie müssen alles sagen!«

»Nein!«, schrie sie und trampste mit dem Fuß auf. »Und wenn Sie mir die Zunge aus dem Munde reißen – sie bringen nichts mehr aus mir heraus. Ich stürze mein armes Brigittchen nicht ins Unglück!«

Mit dieser Taktik erreichte es Johannes, dass Kornelia zu neun Monaten verurteilt wurde – eine Zeit, die ihm für die Ausführung seiner Pläne genügte.

Dreiundzwanzigstes Kapitel.

Als Johannes eines Nachmittags bei Frau van Jörgens war, die sich das Fragen längst abgewöhnt hatte und für jede Stunde dankbar war, die er ihr schenkte, meldete der Diener Dr. Kargert.

»Was soll nun werden?«, fragte Johannes, der wusste und verziehen hatte, in welchen Verdacht sie ihn bei Kargert gebracht hatte.

»Du musst verschwinden!«, sagte Frau van Jörgen«.

Er lächelte und sagte: »Fällt mir nicht ein!«

»Wie stehe ich da, wenn er dich hier findet?«

»Kaum sonderbarer als ich, den er im Süden Spaniens vermutet.«

»Er darf dich nicht sehen!«

»Es stünde schlecht um mich, wenn ich mich vor diesem Advokaten verkriechen müsste.«

Im selben Augenblick trat Kargert ein.

»Auf das Gesicht war ich gespannt!« empfing ihn Johannes.

Kargert brachte vor Staunen kein Wort heraus.

»Zunächst, lieber Doktor«, fuhr Johannes fort, »hat Frau van Jörgens sich zu berichtigen.«

»Ich schwöre, es war alles erlogen, was ich Ihnen damals erzählt habe!« platzte Frau van Jörgens leidenschaftlich heraus.

Johannes lachte und sagte: »Du brauchst es nicht zu beteuern Kind! Doktor Kargert ist Psychologe genug, um zu wissen, was dich dazu veranlasst hat.«

»Ja! Ich war eifersüchtig!« beteuerte Frau van Jörgens. »Johannes hatte mich einer anderen Frau wegen verlassen.«

»Ich gebe zu, dass du Grund hattest, unzufrieden mit mir zu sein. Aber ich habe mich gebessert. Mein erster Weg vom Bahnhof aus war zu dir! – Und ich freue mich des Zufalls, Doktor, auch Sie hier begrüßen zu können!«

Kargerts Überraschung war noch immer so groß, dass er kaum folgen konnte.

Jetzt setzte Johannes eine andere Miene auf. Sein Gesicht wurde streng, seine Haltung förmlich.

»Wenn aber, wie es beinahe den Anschein hat, die Verhältnisse sich in meiner Abwesenheit hier geändert haben sollten, dann« – er machte eine Verbeugung zu Frau van Jörgens hin – »will ich nicht stören.«

»Johannes!«, rief Frau van Jörgens entsetzt und merkte nicht, dass er nur seine Rolle konsequent durchführte.

Und Johannes, der annahm, dass sie im Bilde blieb und auf sein Spiel einging, dachte: »Soviel Talent hatte ich ihr gar nicht zugetraut.«

Frau van Jürgens wandte sich an Kargert und rief: »So verteidigen Sie mich doch!«

Kargert fiel von einem Erstaunen ins andere.

»Ja, ich begreife gar nicht«, begann er unsicher, da er sich plötzlich im Mittelpunkt einer Situation sah, mit der er geglaubt hatte, gar nichts zu tun zu haben. »Ich bin lediglich hierher gekommen, weil ich hoffte, von Frau van Jürgens etwas über Ihr Kommen, das Sie ja in Ihrem letzten Telegramm an mich in Aussicht stellten, zu hören.«

Kargert fühlte selbst, wie gequält das klang. – In Wahrheit führte ihn mehr innere Unruhe als ein bestimmter Grund hierher.

Johannes nutzte die Situation und lächelte ungläubig. Er wandte sich zu Frau van Jörgens und flüsterte ihr, während er sich steif und förmlich vor ihr verbeugte, zu: »Ich komme heut' Abend!«

Ein glückliches Lächeln um den Mund zeigte, dass sie ihn verstanden hatte. Dann wandte er sich kurz zu Kargert um, maß ihn von oben bis unten und sagte: »Ich

hatte mir das Wiedersehen anders vorgestellt! – schade!«
verbeugte sich und ging.

Frau van Jürgens brauchte viel Zeit, um den verzwei-
felten Dr. Kargert zu beruhigen. Erst tat auch sie, die
endlich die Situation erfasst hatte, erregt und machte
ihm heftige Vorwürfe.

»Sie haben sich lächerlich benommen«, schalt sie ihn.
»Herr van Gudry musste ja denken, dass zwischen
Ihnen und mir eine Verbindung besteht.«

»Ich war so verblüfft, ihn hier zu finden ...«

»Er hatte Ihnen Zeit genug gelassen, sich von dieser
Verblüffung zu erholen.«

»Das gebe ich zu. Ich war der Situation nicht gewachsen.«

»Darum durften Sie mich nicht kompromittieren.«

»Was soll nun geschehen?«, fragte er ängstlich. »Ich
habe durch meine Ungewandtheit Sie und einen guten
Freund verloren.«

»Ich fahre noch heute zu ihm und bringe die Angelegenheit in Ordnung.«

»Sie würden das tun?«

»Meinetwegen tue ich es, Herr Doktor! Sie haben es
nicht verdient.«

»Und Sie glauben, es wird Ihnen glücken?«

Sie lächelte überlegen.

»Und wenn er mit seinem Verdacht auf uns recht hätte
– es gelänge mir auch! Denn es gibt nichts, was eine Frau
einem Manne, der sie liebt, nicht beweisen könnte.«

»Ich wünschte, Sie haben recht!«

»Verlassen Sie sich darauf!«

Schon am Abend des nächsten Tages waren Johannes und Dr. Kargert wieder gute Freunde.

Johannes, der in seine eigentliche Wohnung zurückgekehrt war, erhielt von Kargert außer einem langen Schreiben, das wie ein Plädoyer klang, einen wertvollen alten Stich, ein Erbstück der Familie, das Johannes bei seinem Freunde im Stillen schon lange bestaunt und begehrt hatte.

Abends hatten sie dann zusammen mit Frau van Jürgens ganz offiziell durch ein Essen, das Kargert gab, Versöhnung gefeiert. Dabei hatte Johannes von seinen Reisen, Geschäften und seinen Bemühungen, dem Entführer Kornelias auf die Spur zu kommen, erzählt.

»Der Mann ist in seiner Art ein Genie«, log Johannes. »Er bearbeitet seine Opfer mit Spiritismus, Theosophie und Psychoanalyse; und wo der Schwindel nicht verfängt, da ersetzt er ihn durch wirkliches Gift und verabreicht Morphium und Kokain. In Barcelona war er bekannt, gefürchtet und gesucht wie ein bunter Hund. Er schleppte ein ganzes Harem von Frauen mit sich, die sich eher umgebracht hätten, als von ihm zu lassen. In seiner Art imponiert mir der Mann und ich habe vor, unter dem Titel: »Der wahrhafte Casanova« ein Buch über ihn zu schreiben. Gegen seine Motive, die rein erotischer Natur sind, ist nichts zu sagen und für die Mittel, die er anwendet, sind die Frauen ebenso verantwortlich wie er.«

»Und ... Kornelia ...?«, fragte Kargert, der unter der Erzählung des Johannes litt.

»Sie ist vermutlich ein Opfer ihrer Weltfremdheit geworden. Im Übrigen glaube ich, dass ihre körperliche und geistige Konstitution dem Leben, das dieser Mensch seine Umgebung zu führen zwingt, nicht gewachsen ist.«

»Sie fürchten also, dass sie bei ihm zugrunde geht?«

»Bei ihm? Nein! – Denn sobald eine Frau ihm statt eine Lust eine Last wird, befreit er sich von ihr. Ich habe zwei solcher Frauen gesehen, deren Geist und Gesundheit zwar gelitten hatten, die aber heilbar und fürs Leben noch nicht verloren waren.«

»Und so ein Ungeheuer setzt man nicht fest? Macht man nicht unschädlich?«

»Keine der Frauen war zu bestimmen, etwas gegen ihn auszusagen. Im Gegenteil sie bezichtigen sich und nehmen ihn in Schütz.«

»Ich würde ihn umbringen, wenn er mir unter die Finger käme!« ereiferte sich Dr. Kargert.

Johannes schüttelte ungläubig den Kopf.

»Wie viele haben das schon geschworen«, sagte er. »Ich kenne Ehemänner, die mit dem Revolver in der Hand in sein Zimmer kamen und am selben Abend Arm in Arm mit ihm soupieren gingen.«

»Trottel waren das?«, rief Kargert.

»Möglich!«, erwiderte Johannes. »Jedenfalls waren es Männer, die ihre Frauen liebten. Und ich bin ganz Ihrer Meinung, dass die Liebe aus Männern Trottel macht.«

»Wie ... meinen ... Sie ... das?«

»Dass die Liebe lediglich eine Angelegenheit für Frauen ist. Ein verliebter Mann wirkt allemal lächerlich.«

Dr. Kargert beugte sich über seinen Teller. – Der Teller war leer, und so geschah es wohl mehr aus Verlegenheit. –

Johannes sah es und sagte lächelnd: »Verliebte sind meist kindisch und selten ernst. Und Männer, die nicht ernst sind, sind mir ekelhaft.«

Frau van Jörgens stieß Johannes unter dem Tisch an und sagte: »Könnt Ihr denn von gar nichts Anderem reden?«

»Verzeih'«, erwiderte Johannes, »Aber uns liegt das Schicksal Kornelias van Vestrum am Herzen.«

»Das hat doch nichts mit Liebe zu tun.«

Doktor Kargert gab sich einen Ruck und sagte: »Was glauben Sie, dass aus Kornelia geworden ist?«

»Ich kann es nicht sagen. Ich weiß nur, dass dieser Casanova die Absicht hatte, nach Deutschland und der Schweiz zu reisen. Mir ist es gelungen, mich mit einem seiner Vertrauensleute anzufreunden, der mich über alles auf dem Laufenden hält.«

»Warum tust du das?«, fragte van Jörgens. »was hast du für ein Interesse daran?«

Das schien auch Kargert zu interessieren, denn er merkte auf und sah Johannes an.

»Dieser Mensch ist ein Phänomen und interessiert mich, vielleicht, weil ich fühle, dass ich ihm in vielem wesensverwandt bin.«

»Machen Sie sich doch nicht schlecht!«, sagte Kargert.

»Ich wünschte mir, ich hätte diese elementare Kraft, wir alle sind verweichlicht und degenerierte Stümper im Vergleich zu ihm.«

»Sie verteidigen ihn noch?«

»Ich bedaure seine Opfer. Obschon auch die jedes Mitleid weit von sich weisen und in den Wochen ihrer Zugehörigkeit zu ihm vielleicht mehr Glück empfinden als eine andere Frau Zeit ihres Lebens.«

»Ein nettes Glück ist das!«

»Ob es nett ist, kann ich nicht beurteilen. Es kommt wohl auch mehr darauf an, ob es intensiv ist – und das scheint es zu sein.«

»Wenn man Sie reden hört, kann man Furcht vor Ihnen bekommen«, sagte Kargert.

»Leider liegt dazu keine Veranlassung vor«, erwiderte Johannes. »Im Vergleich zu ihm bin ich eine Mimose. Aber ich kann nicht leugnen, er imponiert mir!«

Als Frau van Jörgens später ein paar Augenblicke mit Dr. Kargert allein war, sagte der:

»Begreifen Sie, wie Herr van Gudry einen Verbrecher derart verteidigen kann?«

»Ich will Ihnen etwas sagen!«, erwiderte die: » *les extrêmes se touchent.* Herr van Gudry ist trotz seiner harten Außenschale ein von Natur weicher und gütiger Mensch und wünscht sich wohl öfter, etwas härter zu sein. Auch in diesem Fall handelt er nur aus menschlichem Mitgefühl.«

Dem Dr. Kargert leuchtete das ein.

»Er ist ein seltener Mensch«, sagte er. »Ich weiß es und ich bin froh, dass er wieder zurück ist.«

»Das dürfen Sie auch!« erwiderte Frau van Jörgens.

»Das Gefühl, dass er wieder da ist, gibt einem solche Sicherheit. Er ist ein seltener Mensch!«

»Das ist er sicher. Sie müssen ihn erst richtig kennenlernen.«

Vierundzwanzigstes Kapitel.

Inzwischen leistete sich die dicke Frieda aus eigener Initiative und aus liebevollem Eifer für Johannes noch etwas Besonderes.

Sie erschien eines Tages in spanischem Typ, den sie bei Johannes hängenden Bildern abgelauscht hatte, kaum erkennbar auf Schloss Vestrum und begehrte in einem Kauderwelsch von Deutsch, Jüdisch und Italienisch eine der Standespersonen des Schlosses zu sprechen.

»Standesperson?« wiederholte der Diener, der öffnete. »Die gibt's hier nicht.«

Auf die erstaunte Frage, »wieso nicht?« erwiderte er:

»Die hängen teils an den Wänden, teils modern sie in der Gruft.«

Doch als sie nach Kornelia fragte, wurde der Diener ernst, fast feierlich und sagte:

»Gewiss! – Aber die ist leider nicht da.«

Frieda erklärte, dass sie aus Spanien käme und Nachrichten brächte, woraufhin der Diener sämtliche Flügeltüren aufriss, Frieda eintreten ließ und die ganze Dienerschaft zusammenrief.

Und Frieda erzählte, sie käme aus Spanien und bringe Grüße von Kornelia, die sie auf einer Dampferfahrt kennengelernt habe. Auf tausend Fragen, mit denen man sie bestürmte und auf die sie keine Antwort wusste, erwiderte sie in einer Sprache, die keiner verstand und die auch keine Sprache war. Hier und da verstand mal jemand irgendein Wort und legte sich daraus eine Antwort zurecht, die er laut und wichtig zum Besten gab. Da aber der Nächste etwas ganz anderes verstanden hatte, so gerieten sie schließlich alle miteinander in Streit, überschrien sich und riefen Friedas Entscheidung an, die verbindlich lächelte, kokett mit dem Kopf nickte und Allen recht gab.

Der Lärm wurde immer größer, bis Frieda ihren eigentlichen Trumpf ausspielte und eine Fotografie Brigittens aus der Tasche zog, sie zeigte und fragte:

»Sein das die Frau, der Sie suchen?«

Einmütiges » *Ja*« war die Antwort, und Alle einigten sich in der wehmutsvollen Betrachtung des Bildes, das sie nach langem Widerstreben der Amme überließ, die es unter Seufzen und Tränen an die Lippen drückte. –

Ein paar Tage später folgte die Überraschung.

Um einen Maueranschlag drängten sich Hunderte von Menschen. Johannes bleibt gegen seine Gewohnheit stehen, trat heran, las:

»Die oben abgebildete Person ist Kornelia van Vestrum. Wer Auskunft über sie geben kann, melde sich auf Schloss Vestrum.«

Die abgebildete Person war natürlich niemand anderes als Brigitte Madsen.

Anfangs lachte Johannes, und er sagte zu Frieda:

»Das hast du nicht dumm gemacht.«

Dann aber kamen ihm Bedenken, wenn einer der Richter oder Gefängnisbeamten das Bild sah, so musste ihm die Ähnlichkeit mit der strafgefangenen Kornelia auffallen. Es war also, um sich gegen jede Überraschung zu schützen, Zeit, schnell zu handeln.

Fünfundzwanzigstes Kapitel.

Es war kaum sieben Uhr früh, und Dr. Kargert schlief fest, als sein Diener, eine Stunde früher als sonst, an die Tür klopfte und, da ihm keine Antwort wurde, behutsam öffnete und eintrat.

In der Hand hielt er einen Brief, mit dem er jetzt, unschlüssig, was er tun sollte, vor Kargerts Bett stand.

Er hatte strengen Befehl, seinen Herrn bis acht Uhr schlafen zu lassen und nur, wenn etwas ganz Dringendes vorlag, vor der Zeit zu wecken.

Wie sollte er das entscheiden? – Er besah den Brief, der keinen Absender hatte, von allen Seiten. Dass er Express kam und einen großen schwarzen Siegel mit einer siebenzackigen Krone trug, hob ihn aus dem Stoß von Korrespondenz, die täglich einlief, freilich heraus.

Er führte den Brief unter die Nase und stellte fest, dass er geruchlos war, also kam er, was auch die energische Schrift verriet, von keiner Dame. Er kannte sich aus in diesen Dingen – wenn auch nicht von Kargert, der reichlich uninteressant war, so doch von seinen früheren Herren her – und unterschied Houbigants » Quelques Fleurs« genau von Roger und Gallets » Paquerettes« – und aufgrund des Parfüms wieder schloss er auf den Charakter und irrte sich – so glaubte wenigstens er – selten.

Dieser Brief lag schwer in seiner Hand. Er befühlte und betastete ihn und gewann schließlich den Eindruck, dass er etwas für seinen Herrn Wichtiges enthielt. Nachdem er einmal diese Überzeugung gewonnen hatte, zögerte er nicht lange, sondern weckte ihn kurz entschlossen, indem er ihn mit dem Brief unter die Nase kitzelte.

Doktor Kargert fuhr sich mit der Hand an die Nase, sagte im Halbschlaf: »Diese verfluchten Fliegen! Die ganze Nacht über hat mich das Biest geplagt,« und schlug die Augen auf.

Der Diener schlug mit dem Brief auf die Marmorplatte des Nachttisches, dass Glas, Flasche, Uhr und Lampe bebten, und sagte: »Autsch! Jetzt ist sie tot!«

Von dem Lärm wurde Doktor Kargert völlig wach und setzte sich hoch.

»Soll ich sie leben lassen?«, fragte der Diener und tat, als wenn er zwischen dem Daumen und Zeigefinger ein Insekt hielt.

»Tritt sie tot!«, befahl Kargert, woraufhin der Diener so fest auftrampste, dass der Kronleuchter zitterte. Und dabei dachte er: Nun wird er wohl wach sein. Dann erst überreichte er den Brief, den Kargert hastig aufriss.

Er las:

Lieber Freund!

Nach den Aussagen einer freilich nur bedingt zurechnungsfähigen Spanierin bestätigt es sich, dass unser Held durchreisend in Deutschland war. Soviel aus dem konfusen Frauenzimmer herauszubringen war, hat er sich von Kornelia getrennt. Er soll sie in einem geistig und körperlich desperaten Zustande zurückgelassen haben. Ich vermute, dass sie in irgendeinem Krankenhause, wenn nicht gar in einer Nervenanstalt, Aufnahme gefunden hat. Ich bin mit Geschäften überhäuft und muss daher sie bitten, im Interesse Kornelias, die ja schließlich Ihre Klientin ist, die nötigen Schritte zu tun. Meine Mission in dieser Angelegenheit dürfte mit dieser Feststellung erschöpft sein. Aus freundschaftlichem Interesse an Ihnen und den sonst Beteiligten bitte ich Sie, mich über den Fortgang des Falles auf dem Laufenden zu halten.

Ihnen aufrichtig ergeben Johannes van Gudry.

Doktor Kargert sprang auf.

»Schnell meine Sachen!«, rief er, trank während des Rasierens seinen Tee und saß schon zwanzig Minuten später in seinem Auto.

Und bereits am Abend desselben Tages war mithilfe der zuständigen Beamten im Ministerium und des Nachrichtendienstes der Polizei festgestellt, dass weder in einem staatlichen, noch kommunalen, noch privaten Krankenhause eine Kornelia van Vestrum Aufnahme gefunden habe. – »Johannes van Gudrys Nachrichten haben sich demnach als unzuverlässig erwiesen,« meinte Kargert und schrieb – wenn in der Form auch milder – dementsprechend an seinen Freund.

»So ein Rindvieh!«, fluchte der. »Man muss es ihm also noch deutlicher machen.«

» *Wäre es nicht möglich*«, schrieb er an Doktor Kargert, »dass Kornelia aus erklärlicher Scheu einen anderen Namen angenommen hat? Oder hatte am Ende »er« ein Interesse daran, dass sie unerkannt bleibt? – Mir beweisen Ihre Feststellungen jedenfalls gar nichts, und ich würde es im Interesse Kornelias, die Ihnen ja doch wohl mehr als eine Klientin bedeutet, lebhaft bedauern, wenn die Angelegenheit damit für Sie erledigt wäre. Bedauern müsste ich dann auch die von mir in der Annahme verwandte Mühe, dass die Entdeckung und Befreiung Kornelias Ihnen Herzenssache sind.«

Auf Dr. Kargert wirkten diese Vorwürfe so stark, dass er sofort den Entschluss fasste, durch ein paar Vertrauenspersonen, die er mit den nötigen Ausweisen und einer Fotografie Brigittes versah, sämtliche Anstalten des Landes besuchen lassen.

Schon am zweiten Tage berichtete einer dieser Leute, dass in der Landesirrenanstalt, etwa zwei Stunden von der Stadt entfernt, eine Frauensperson interniert sei, die der Fotografie auffallend ähnlich sähe. Da die Kranke an partiellen Bewusstseinstrübungen und völligem Aussetzen des Gedächtnisses leide, so seien für ihn nähere Feststellungen unmöglich. Die Frau sei eines Tages auf der Chaussee aufgelesen worden und wisse von sich und ihrer Vergangenheit nichts weiter zu berichten, als dass sie einen Hund besessen habe, der bald klein und rund, bald groß und schlank gewesen sei und abwechselnd kurze, krumme und lange, grade Beine besessen habe.

Kargert entfärbte sich, als er das las. Die Ähnlichkeit mit dem Bilde im Zusammenhang mit der Erinnerung an den Hund, dessen Beschreibung auf den Dackel und den Barsoi passte, schloss die Möglichkeit nicht aus, ja machte es wahrscheinlich, dass die Bezeichnete niemand anders als Kornelia war.

Und war sie es, dann wiederum stand fest, dass sie krank und für ihn und die Welt verloren war.

Er ließ alles stehen und liegen, bestellte seine Klienten für den nächsten Tag und fuhr mit Johannes und der Amme nach der von seinem Gewährsmann bezeichneten Anstalt.

Dem Arzt, der Brigitte seinerzeit nach anfänglichem Widerstreben aufgenommen halte, teilten sie ihre Vermutung mit, und der erwidert devot: »Ich sah sofort, dass ich es mit einer hochstehenden Persönlichkeit zu tun hatte und habe mich daher über das Reglement hinweggesetzt und ihre Aufnahme verfügt.«

»Wir werden es Ihnen zu danken wissen!«, sagte Johannes.

»Wir handeln als Hüter der Menschlichkeit!«, erwiderte der Arzt, »und sehen unseren Lohn darin, dass wir Gutes tun dürfen.«

Die Amme war gerührt; Kargert, der als Advokat ganz anders dachte, geniert; Johannes, der die Heuchelei herausfühlte, angeekelt.

»Können wir die Kranke jetzt sehen?«, fragte Johannes. »Das Geschäftliche kann ja später, ganz wie Sie wünschen, mit oder ohne Gefühl erledigt werden.«

»Wäre ich streng nach dem Reglement verfahren«, erwiderte der Arzt mit einer Spitze gegen Johannes, »dann hätte ich die Kranke fortjagen und sich selbst überlassen müssen.«

»Wir wollen sie sehen!« wiederholte Johannes.

Der Arzt erwiderte: »Ich muss sie vorbereiten und bitte Sie, solange nebenan Platz zu nehmen.«

Johannes, Kargert und die Amme gingen hinaus. – Eine Schwester wurde beauftragt, Brigitte hereinzuführen.

Sie saß wie ein Klotz am Tisch, glotzte vor sich hin und war nicht zu bewegen, aufzustehen.

Die Schwester verständigte einen Wächter, dem die Kranke erfahrungsgemäß gehorchte. Der ging zu ihr hinein und sagte: »He! Du!«

Brigitte wandte sich um. Er sagte: »Wir sind allein!«

Brigitte setzte den Kopf grade, schob die Augen zurecht, schloss den Mund, zog die Schultern hoch, lächelte und fragte: »Was gibt's?«

»Man kommt, dich zu holen!«

»Ich will nicht zu ihm zurück!«

Im selben Augenblick trat Johannes ins Zimmer, Alls er sie sah, fuhr er sie an: »Bist du verrückt?«

Sie lachte und sagte: »Zeitweise! – augenblicklich gerade nicht.«

Johannes wandte sich an den Wärter und fragte: »Was bedeutet das?«

Da lachte auch der und sagte: »Es war zu anstrengend auf die Dauer. – Sie hat sich mit mir verständigt. – wenn wir allein sind, hat sie lichte Momente.«

Johannes durchschaute die Situation. Der Wärter war ein auffallend hübscher und kräftiger Kerl.

»Wer weiß außer Ihnen davon?«, fragte Johannes.

»Niemand!«, erwiderte er.

Johannes trat dicht an Brigitte heran und sagte: »Auf dich ist kein Verlass! – Draußen sind die Leute von Schloss Vestrum. Es hängt jetzt alles davon ab, dass du klug bist. – wenn du aus der Rolle fällst, sind wir verloren.«

Brigitte verstand.

»Und sie glauben wirklich, dass ich ... die andere bin?«

»Sie sind davon überzeugt!«

Er gab dem Wärter Geld und flüsterte ihm zu: »Seien Sie klug! Sie riskieren so viel wie wir! – – « Dann ging er hastig hinaus.

Als Johannes draußen war, befahl der Wärter: »Nun komm!«

Brigitte warf sich ihm an den Hals, vergoss ein paar Tränen und sagte: » Vergiss mich nicht!«

»Nimm endlich Vernunft an!«, befahl er, woraufhin sie wieder die Verrückte spielte und sich von ihm abführen ließ. –

Der Arzt begegnete ihr wie stets freundlicher als allen anderen Kranken. Er nahm sie bei der Hand, zog sie auf seinen Stuhl und fragte: »Nun, wie geht es uns?«

Sie sah ihn von unten herauf an und verzog keine Miene.

»Sie werden sehen, für Sie kommt jetzt eine bessere Zeit!«

Brigitte blieb unbeweglich.

Der Arzt gab ganz geheim die Ordre, die Amme, Johannes und Kargert hereinzurufen. Brigitte entging es nicht. Als die drei wieder im Zimmer waren, fragte der Arzt Brigitte, die ihnen den Rücken kehrte: »Kennen Sie Kornelia van Vestrum?«

Durch Brigittes Körper ging konvulsivisch ein Zucken.

»Das erste Mal, dass Geist und Körper auf unsere Eindrücke reagieren«, dachte der Arzt. Und Johannes dachte: »Sie ist ein Genie!« – Aber Kargert und die Amme, die Kornelia gleich schon als sie eintraten, erkannt hatten, standen entsetzt und fassten sich, innerlich bewegt, bei den Händen.

»Kornelia van Vestrum« – fuhr der Arzt fort – und abermals zuckte Brigitte zusammen – »hatte eine Amme.«

Der Kopf Brigittes schnellte in die Höhe.

Der Arzt sagte: »Diese Amme und ein Advokat namens *Kargert* ...«

Brigitte stieß einen Schrei aus und warf die Arme in die Höhe – der Arzt stützte sie.

»In Sorge um Kornelia«, fuhr er fort, »haben sie sich an mich gewandt und sind hierher gekommen. Soll ich sie rufen? Wollen Sie sie sehen?«

Da stürzte Kornelia, steif wie ein Brett, zu Boden und blieb regungslos liegen – genau so, wie der Arzt und Freund des Johannes es ihr seinerzeit beigebracht hatte.

Da vergaß sich Johannes zum ersten Male in seinem Leben und sagte: »Fabelhaft!«

In ihrer Bestürzung überhörten's die anderen. Die Amme und Kargert beugten sich über Brigitte. Der Arzt nahm eine Flüssigkeit und rieb ihr Stirn und Augen damit ein.

Langsam zog sich Brigittes Unterlippe in die Höhe, schloss sich der Mund, hob sich der Kopf, öffneten sich die Augen.

»Kornelia!«, riefen die Amme und Kargert wie aus einem Munde.

Brigitte lächelte. Erst kaum merkbar; dann verzückt. Ihre Augen bekamen Glanz.

»Wie sie das nur macht?«, dachte Johannes.

Dann richtete sie sich auf, schlang die Arme um die Amme, presste sie an sich, schluchzte erst, weinte dann laut.

Auch die Amme und Kargert weinten. Und der Arzt nickte mit dem Kopf stolz und zufrieden, als wäre, was da geschah, das Ergebnis seiner ärztlichen Kunst.

Brigitte weinte jetzt wirklich. Es war die Reaktion, die angestrengtester Spannung aller Nerven folgte. Und so wuchs sie, deren Spiel bisher in jedem Augenblick bewusst geführt war, zur echten Künstlerin empor, die nicht mehr überlegte, voll aus dem Innern schöpfte, unmittelbare Empfindung gab.

Minutenlang hing sie so am Hals der Amme, die ihr fortgesetzt mit der Hand über den Kopf fuhr und, wenn sie nicht gerade Tränen schluckte, voll Rührung sagte: »Kornelia! Meine geliebte Kornelia!«

Johannes, der Ansicht, dass, wie alles, so auch diese Rührszene mal ein Ende nehmen müsse, sagte zu Kargert: »So reden Sie doch mit ihr!«

Auch Kargert hatte verweinte Augen, drückte Johannes die Hand und sagt«: »Dies ist die glücklichste Stunde meines Lebens! – Und Ihnen danke ich sie!«

»Reden Sie keinen Unsinn!« wehrte Johannes ab.

Aber auch Brigittes Rührung hatte Grenzen. Und da die dicke, in Rührung schwimmende Amme sie fast erdrückte, so nahm sie die Gelegenheit wahr, wandte sich zu Kargert um, riss sich von der Amme los und rief: »Robert!«

Um aber das Schauspiel mit ihm nicht zu wiederholen, so streckte sie ihm nur die beiden Hände hin, die Kargert mit Tränen und Küssen bedeckte.

Als auch das nach Johannes' Ansicht lange genug gedauert hatte, trat er vor und sagte: »Hier ist noch jemand, der Sie gern begrüßt hätte!«

Johannes und Brigitte drückten sich die Hände und der Arzt, den die völlig in Tränen aufgelöste Amme immer wieder fragte: »Wie ist das nur möglich?«, erwiderte: »Nur eine große Freude konnte sie so plötzlich gesund machen!«

»Aber er besann sich schnell und fügte hinzu: »Ja unverkennbar die Fortschritte dank meiner Behandlung waren – ich hätte noch Wochen gebraucht, ehe ich sie als geheilt hätte entlassen können.«

»Und nun können wir sie gleich mitnehmen?«, fragte die Amme.

Ehe der Arzt noch eine Antwort geben konnte, sagte Johannes: »Selbstredend! Nicht eine Stunde länger bleibt sie unter diesen Idioten.«

Und dabei sah er den Arzt so herausfordernd an, dass der sich getroffen fühlte und sagte: »Wie meinen Sie das?« »Oder ist das etwa hier eine Akademie der Wissenschaften?«, erwiderte Johannes und fuhr fort: »Übrigens, ein Wärter ist hier, der aus dem Rahmen fällt und einen intelligenten Eindruck macht!«

Die Erregung und Freude über Kornelia, die Fragen, mit denen die Amme und Kargert den Arzt bestürmten, verhinderten, dass Johannes den Arzt weiter reizte.

»Besteht keine Gefahr, dass sie rückfällig wird?«, fragte die Amme leise und besorgt.

Der Arzt sann nach und sagte: »Vor Erregungen irgendwelcher Art muss man sie zunächst natürlich schützen. Und wenn es Ihnen recht ist, so sehe ich fürs Erste noch ein-, zweimal in der Woche nach ihr.«

»Ausgeschlossen!«, erwiderte Johannes, der sich inzwischen mit Brigitte beschäftigte und ihr für die Ankunft im Schloss Verhaltungsmaßregeln gegeben hatte – »sie soll durch nichts an das, was hinter ihr liegt, erinnert werden. Nicht wahr, Kornelia – ich darf doch so sagen? – das ist auch Ihr Wunsch und Wille?«

Brigitte sah alle der Reihe nach an und sagte: »Ich weiß von nichts.«

»Sie sehen, sie hat es noch nötig!«, meinte der Arzt.

»Euch hab ich nötig!«, rief Brigitte, warf sich wieder der Amme an den Hals und griff gleichzeitig nach Kargerts Hand. »Euch beide! Sonst niemand! Und Sie Johannes! Sie natürlich! Und Sie vor allem! Denn soviel weiß ich, wenn ich zurückdenke, dass Ihre Hand in den schwersten Stunden über mir war. Dass ich fühlte, Sie würden mir helfen.«

Sie führte die Hand vor das blasse Gesicht und sagte seufzend: »Nie will ich an alles das erinnert werden, nie!!«

Plötzlich griff sie in die Tasche, kehrte sie um und rief: »*Banditen!*«

Dabei nahm sie für einen Augenblick wieder den Kopf schief und ließ die Augen hervortreten, sodass die Amme entsetzt ausrief: »Großer Gott! Helfen Sie, Doktor!«

Und der Arzt, der nicht nur Brigittes, sondern auch Johannes Augen drohend auf sich gerichtet sah, riss ein Fach seines Schreibtisches auf, entnahm ihm eine Handvoll Banknoten und steckte sie Brigitte in die offen gehaltene Tasche. Dabei fragte er zaghaft: »Sie wussten demnach ...?«

Brigitte, die wieder völlig normal blickte, schüttelte den Kopf und sagte: »Ich kann mich an nichts erinnern.«

Kargert flüsterte der Amme zu: »Sie ist noch immer krank!«, worauf die erwiderte: »Wir müssen froh sein, dass sie soweit ist.«

Als sie eine Viertelstunde später die Anstalt verließen, um das Auto zu besteigen, stützte sich Brigitte auf den Arm des Johannes. Robert Kargert und die Amme folgten.

Die Amme war zu voll des Glücks, um eine Veränderung an der vermeintlichen Kornelia wahrzunehmen. Aber auf Doktor Kargert wirkte, stärker als Wiedersehen und Genesung, der Umstand, dass Kornelia an Johannes' statt an seinem Arme hing.

»Äußerlich hat sie sich kaum verändert«, sagte er. »Aber glauben Sie mir, innerlich ist sie eine andere geworden.«

»Wer weiß, was sie durchgemacht hat!« verteidigte sie die Amme. »Und dann: Sie ist noch immer krank! Wir müssen Geduld mit ihr haben.«

Kargert schwieg dazu. Aber er fühlte, dass der Zusammenhang fehlte, das Fluidum, das ihm ehemals jede Bewegung in ihr verriet, bestand nicht mehr, etwas Fremdes war zwischen sie und ihn getreten – die Frau, die da vorn neben Johannes ging, war für ihn verloren.

Sechsundzwanzigstes Kapitel.

Kornelia beschäftigte sich im Gefängnis nicht mehr mit ihrem Einzelschicksal. Es erschien ihr bedeutungslos neben der Welt von Ungerechtigkeit, Jammer und Elend, die sich ihr auftat, und von der sie bis dahin nicht einmal etwas geahnt hatte.

Mütter, die stahlen, weil ihre Kinder hungerten, wurden bestraft. Sie ertrugen es, fanden es gerecht und sannen darüber nach, wie sie mehr arbeiten könnten, um mehr zu verdienen.

Unreife Mädchen, deren Unerfahrenheit schlechte Männer nutzten und die dann aus Furcht und Reue sich vor Schande zu bewahren suchten und dabei ihr eigenes Leben in Gefahr brachten, sperrte man ein.

Elend, wohin man sah – und sie hatte, die Hände im Schoß, daheim gesessen und über ihr Schicksal geklagt, über das Herr zu werden nur eine Frage der Energie und Selbstzucht war.

Half sie nur denen, mit denen sie hier zusammensaß, so hatte ihr Leben Zweck und war ausgefüllt. Nur Muße und Überfluss hatten es zuwege gebracht, dass ihre von jeder Pflicht und Sorge freien Gedanken immer dieselbe Richtung nahmen, als wenn es auf der Welt nichts Wichtigeres gäbe, als ein überkommenes Laster, wobei es weniger dem Zwang als der Laune unterlag, ob man es pflegte oder bekämpfte.

Als Kellnerin Brigitte, die einen Halsschmuck gestohlen hatte, fiel es ihr nicht leicht, sich durchzusetzen und das Vertrauen der Anderen zu gewinnen. – Doch fielen Bildung, Takt und Benehmen bald den aufsichtführenden Beamten auf. Sie unterhielten sich mit ihr, gewannen Interesse und fanden, dass die Verfehlungen und der Beruf so gar nicht mit der inneren Kultur dieser Frau übereinstimmten.

Sie, wie vor allem der Anstaltsgeistliche konnten auch feststellen, dass die Strafgefangene auf ihre Umgebung einen segensreichen Einfluss übte. In dem gemeinsamen Arbeitssaal wirkte sie wie der gute Geist, wie eine stille, stumme Wohltat empfand man ihre Anwesenheit und überließ ihr wie etwas Selbstverständliches, und ohne dass jemand es aussprach, in allen gemeinschaftlichen Fragen die Führung.

Von dem Gefängnisdirektor angeregt, machte der Geistliche den Versuch, tiefer in ihre Gefühlswelt einzudringen. Aber Kornelia blieb verschlossen. Nur seine immer wiederkehrende Frage, wo und wie sie ihre Jugend verbracht habe, erwiderte sie:

»Ich will nicht zurückdenken und an nichts erinnert werden. Ich habe ein neues Leben begonnen, das alte ist ausgelöscht!«

»Es wird aber doch eine Zeit gegeben haben – und wenn Sie bis an Ihre frühe Kindheit zurückdenken müssen –, die Sie nicht auslöschen möchten,« drang der Geistliche auf Kornelia ein.

»Ich will nicht lügen und kann Ihnen die Wahrheit nicht sagen«, erwiderte Kornelia – »und bitte Sie daher, mich nicht weiter zu fragen. Ich bin ein Mensch, der gesündigt und seine Strafe freiwillig auf sich genommen hat.«

Da erkannte der Geistliche, dass man sie, ohne ihr wehzutun und ohne sie in ihrem Läuterungsprozess zu stören, nicht an diese Dinge rühren dürfe, und nahm sich vor, nie mehr danach zu fragen.

Siebenundzwanzigstes Kapitel.

Als Brigitte in Begleitung der Amme, Kargert und Johannes ihren Einzug in Schloss Vestrum hielt, zeigte sie sich der Situation durchaus gewachsen. Schon während der Fahrt, als in der Ferne die ersten Umrisse des Schlosses sichtbar wurden, die Brigitte nach den Plänen und Beschreibungen des Johannes sofort erkannte, schmiegte sie sich an die Amme, drückte sie leidenschaftlich die Hände Roberts, bebte sie am ganzen Körper, wies sie mit zitternder Hand in die Ferne, sagte sie, Tränen in den Augen: »Da! – Vestrum! Mein Schloss! – meine Heimat!«

Auch die Amme und Kargert waren gerührt. – Was mag in ihr vorgehen, dachte Kargert und versetzte sich in ihr Inneres. Generationen waren durch Jahrhunderte mit diesem Schloss verwachsen, aus dem man sie gewaltsam oder mit List gerissen hatte. Nun kehrte sie zurück und begann damit erst wieder, wie ehedem zu atmen und zu fühlen. Wohl möglich, sagte sich Kargert, dass damit auch das sie von ihm Trennende verschwand und sie sich wieder, wie ehedem zusammenfanden. Neue Hoffnung lebte in ihm auf.

Als das Auto durch den Schlosspark fuhr und die Hupe des Chauffeurs erscholl, schlugen die Hunde an und die Dienerschaft lief zusammen. Brigitte spürte jetzt doch eine leichte Beklemmung. Sie warf im stillen Johannes vor, dass er nicht die Gelegenheit gesucht und gefunden hatte, sie durch Alkohol in die richtige Stimmung zu bringen. Er wusste doch, dass sie daran gewöhnt war, und auch in der Anstalt hatte der Wärter, der sie wie ein Liebhaber betreut hatte, täglich dafür gesorgt.

Als das Auto hielt, begrüßte sie als Erster der alte Diener, hinter dem etwa zwanzig Angestellte, vom Hausmeister bis herunter zum Küchenjungen, standen. Der Alte quetschte ein paar Tränen und ein paar unverständliche Worte heraus und küsste dann die Hand Brigittes, die im Wagen stand, Allen zunickte und sagte: »Meine lieben Leute! Ich bin so glücklich, dass ich euch Alle wiederseh«! Ich habe Vieles und Schweres durchgemacht, an das ich nie mehr erinnert zu werden wünsche, hier im Hause meiner Ahnen und unter euch, die ihr mir eure Treue und Anhänglichkeit bewahrt habt, werde ich sicherlich schnell gesunden und bald wieder die Alte werden.«

Dann stieg sie aus und gab jedem die Hand.

Manchem schien die Stimme verändert. Sie war nicht mehr so weich wie ehedem und hatte nicht jenen singenden Klang. Aber das mochte auch eine der Folgen des Erlebten sein, das sich ja nicht nur in innerlicher Veränderung zu äußern brauchte.

Freude empfand Brigitte beim Anblick der Hunde. Der alte Diener holte sie aus der Halle und sagte: »Herrin ist da!«, woraufhin beide an ihm hochgingen, ein Freudengeheul anstimmten und zur Tür drängten.

Aber draußen schnupperten sie, statt freudig auf Brigitte loszustürzen, an den Leuten herum und blieben schließlich bei der Amme stehen, die sie nur ihrerseits auf die Herrin wies.

In diesem Augenblick sagte Johannes zu Kargert, aber doch so laut, dass die Umstehenden es hören mussten: »Das ist das sicherste Zeichen für die Veränderung, die mit Kornelia vorgegangen ist.«

Kargert schien resigniert, seufzte und sagte: »Leider ist es so!«

Brigitte beschäftigte sich mit den Hunden. Der Barsoi ließ sich streicheln und leckte ihr die Hand, aber der Dackel ließ sich nicht anfassen, kläffte, zog den Schwanz ein und verkroch sich unter dem Rocke der Amme.

Brigitte lächelte wehleidig und sagte: »Hunde haben mehr Empfinden als Menschen! Sie fühlen, dass ich eine andere geworden bin. Aber Ihr« – wandte sie sich zu den Andern – »glaubt, dass ich dieselbe bin, nur weil ich dasselbe Gesicht und die gleichen Hände und das gleiche Lächeln habe.«

Johannes erschrak über die Kühnheit. Aber er überzeugte sich schnell, wie klug es war. Teilnahme und Mitleid stand in allen Gesichtern, und wo sich, wenn auch nur im Unterbewusstsein, ein leiser Zweifel regte, verschwand er durch Brigittes Worte, durch die er seine Erklärung fand.

Brigitte sprach noch einmal zu den Leuten: »Ich hoffe,« sagte sie, »dass wir uns jetzt näher kommen werden, als wir uns früher standen. Nur in der ersten Zeit werde ich, um zu mir zurückzufinden, noch viel allein sein. Nehmt das nicht als Hochmut.«

Dann wandte sie sich an Johannes – was Kargert einen Stich ins Herz gab – und ließ sich in die Halle führen.

Jetzt erst fiel Johannes ein, dass auch Brigitte es stets vermieden hatte, über ihre Vergangenheit zu sprechen. Sicher kam sie aus keinem Milieu, das sie zur Kellnerin im »Strammen Hund« prädestinierte. Wenngleich ihre Manieren den dortigen Gewohnheiten entsprachen, so verriet doch diese überraschend mühelose und schnelle Umstellung eine Kultur, die vielleicht nicht mehr gepflegt worden war, jedenfalls aber einmal vorhanden gewesen war und sicherlich nicht mehr als ein, zwei Generationen zurücklag.

Als Brigitte jetzt durch das Schloss ging, feierte sie mit Dingen, die sie nie gesehen hatte, ein Wiedersehen, das Kargert und die Amme zu Tränen rührten. Und vor den Bühnenbildern in der Galerie sank sie tatsächlich in die Knie, faltete sie die Hände, bewegte sie die Lippen, vergoss sie Tränen.

Nur bei der ersten Mahlzeit, die sie bald nach ihrer Ankunft nahmen und zu der außer der Amme auch Kargert und Johannes blieben, fiel sie aus der Rolle.

Johannes, der sie anfangs streng im Auge behalten hatte, sprach, ebenso wie sie, bald unbeherrscht dem alten Burgunder zu. So kam es, dass Brigitte allmählich in hohe Stimmung kam, ihre Haltung verlor und den Putenknochen in beide Hände nahm. Und als sie zum Entsetzen Kargerts und der Amme ein großes Glas ohne abzusetzen heruntergegossen hatte, klopfte sie Johannes mit dem abgenagten Putenknochen kräftig auf die Hand und rief: »Mensch! Wo bleibt der Schampus? Ich verdurste!«

Das brachte Johannes zur Besinnung – zumal als er der Amme und Kargerts entgeisterte Gesichter sah, und der alte Diener die schwere Kristallflasche auf die Erde fallen ließ.

Johannes stellte sein Glas, dass er grade in der Hand hatte, auf den Tisch und gab Kargert und der Amme ein Zeichen, weiter zu essen und zu tun, als wenn nichts geschehen wäre. Die folgten – zunächst verständnislos. Als jetzt aber Brigitte dem alten Diener den Burgunder ins Gesicht spritzte und rief: »Schampus, Dussel! Hörst du schwer? Wir zahlen alles? Hier bestimme ich!« – da sprang Johannes auf, stürzte auf sie zu, umfasste ihre Knöchel, kam mit seinem Gesicht ganz dicht an ihrs heran, bohrte seine Augen förmlich in ihre hinein und flüsterte ihr, kaum die Lippen bewegend, zu: » Spiel' verrückt!«

Dabei schlug er ihr die Nägel ins Fleisch. Brigitte biss vor Schmerz die Lippen aufeinander, aber sie kam zu sich – und sank, mit genau demselben Ausdruck der Verblödung wie in der Anstalt, mit offenem Munde auf den Stuhl zurück, auf dem sie starr und teilnahmslos sitzen blieb.

Kargert und die Amme waren aufgesprungen. Johannes sagte leise: »Mit Rückfällen dieser Art müssen wir in den nächsten Wochen noch rechnen. Der Arzt hat es mir gesagt.«

»Wodurch geschah das?«, fragte Kargert.

»Die Erinnerung an irgendeine wüste Szene, deren sie unzählige erlebt hat.«

»Man sollte verhindern, dass sie soviel trinkt«, meinte die Amme, und Johannes erwiderte mit leichtem Vorwurf: »Das sollte man! – Sie allein können es!«

»Der Arzt muss kommen!«, forderte Kargert.

»Nein!«, erwiderte Johannes bestimmt. »Der Anblick des Arztes mit der Aussicht auf die Anstalt würde so auf sie wirken, dass sie wieder für Wochen, wenn nicht für länger, in ihren alten Zustand verfällt, der ohne dies vielleicht schnell vorübergeht.«

Er hob Brigitte hoch, wandte sich zu dem alten Diener, flüsterte ihm zu: »Sagen Sie den Leuten nichts«, und trug sie mithilfe Kargerts und der Amme auf die Chaiselongue.

»Sie muss Ruhe haben und allein sein«, sagte Johannes. »Danken wir Gott, dass sie so weit ist!«

Und tatsächlich war Brigitte am nächsten Morgen wieder die Alte – und betrank sich in den nächsten Wochen nicht mehr.

Sie war der Amme gegenüber zwar zärtlich aber wortkarg. Und so oft sie anfing, von Vergangenem zu reden, hielt ihr die Amme die Hand vor den Mund und sagte: »Das Einzige, was der Arzt streng untersagt hat! – Sprechen wir von der Zukunft, Kornelia, die dich hoffentlich für alles entschädigt, was du durchgemacht hast.«

»Und wie denkst du dir meine Zukunft?«, fragte Brigitte.

»Nun, ich nehme doch an, dass sich da nichts geändert hat.«

»Alles hat sich geändert, nichts ist geblieben, wie es war.«

»Aber die Gefühle sind doch dieselben geblieben?«

»Die schon gar nicht.«

»So liebst du also auch Kargert nicht mehr?«

»Der Gedanke, ihn je geliebt zu haben, ist mir heute unfasslich!«

»Wieso nur?«, fragte die Amme erstaunt, »Kargert ist ein gütiger, zuverlässiger Mensch, der dich auf Händen tragen würde.«

»Eine Kornelia van Vestrum kann nur einen Edelmann heiraten!«

Die Amme erschrak und sagte: »Doch nicht etwa diesen Herrn van Gudry?«

»Weshalb nicht? Das Geschlecht der van Gudrys ist beinahe so alt wie das Unsrige!«

»Verbürgt das ein Glück?«

»Außerdem fühle ich, dass er es ist, dem ich meine Rettung verdanke.«

»Gewiss! Du bist ihm zu Dank verpflichtet! Zu großem! – Aber gibt es keine andere Möglichkeit, ihm diesen Dank abzutragen?«

»Darüber habe ich noch nicht nachgedacht und brauche es auch nicht, da ich mich ihm menschlich nahe fühle.«

»Du dich ihm? – wo Ihr so grundverschieden seid?«

»Eben deshalb! – Ich bin weich, schwach, unsicher und brauche daher einen Mann, der hart, stark und bestimmt ist.«

»Früher, da hattest du doch eine Scheu vor ihm.«

»Was wusste ich denn früher vom Leben? Und dann: Wollten wir das Vergangene nicht ruhen lassen?«

Die Amme seufzte.

»Der Gedanke, van Gudrys Frau zu werden, hätte also heute nichts Unheimliches mehr für dich?«

»Um Gegenteil, es gäbe mir ein Gefühl der Sicherheit und Ruhe.«

»Und er? Hat er schon davon mit dir gesprochen?«

»Ich bin überzeugt, dass er fühlt wie ich. Und wenn er bisher noch schweigt, so tut er das nur aus Rücksicht auf meine Gesundheit.«

»Armer Robert Kargert!«, sagte die Amme.

»Er steht dir, scheint's, näher als ich.«

»Wie kannst du so sprechen, Kornelia; wo du weißt, dass seit deiner Geburt jedes meiner Gefühle und jeder meiner Gedanken, dir und nur dir gehört.«

»Dann wirst du dich auch an diesen Gedanken gewöhnen müssen.«

»Ich sehe es ein! – aber es wird mir schwer!« – zumal ich fühle, dass du mir dann ganz entgleiten wirst.«

Brigitte widersprach lebhaft, überschüttete die Amme mit Zärtlichkeiten, wühlte letzte Gefühle in ihr auf, setzte sich wie ein Kind auf ihren Schoß, schlang die Arme um ihren Hals und sagte: »Wenn ich so bei dir sitze, dann erlebe ich noch einmal die Tage der Kindheit und bin ganz ruhig und fühle mich geborgen. Nie! Nie kann das anders werden. Und näher als jeder Mann, wenn er mich mit noch so viel Liebe umgibt, wirst du mir stehen, *Mutter*!«

»Mutter,« wiederholte die Amme gerührt. »Sie müsste es hören! Sie wäre glücklich!«

»Ich habe sie nie gekannt!«

»Hab' ich dir nicht von ihr erzählt? Tag für Tag! –« Und nun kramte sie stundenlang alte Erinnerungen aus, die Brigitte noch nicht kannte und die für ihren Verkehr mit der Amme und ihr ganzes Einempfinden in diese Welt wertvoll waren.

»Ich werde es ihr von jetzt ab jeden Tag erzählen!«, dachte die Amme, als sie unter Tränen und völlig außer Atem Brigitte verließ. »Dann wird sie in Allem bald wieder ganz wie früher sein.«

Brigitte aber saß nachdenklich in ihrem Sessel und dachte: »Wie schön muss so eine Kindheit sein.« – Sie wusste nicht einmal, wer ihr Vater war.

Einmal hatte sie ihre Mutter danach gefragt. Die war erst verlegen, sagte dann aber. »Wissen musst du's ja doch ! – Also mein Kind, wenn dich jemand fragt, dann antwortest du ganz frech: der Herzog von Arenberg!« – »Der Herzog von Arenberg?« hatte sie erwidert. »Dann bist du ja eine Herzogin, Mama!« – »Quatsch!« hatte daraufhin die Mutter gesagt: »Erstens war es gar nicht der Herzog von Arenberg, sondern ein Professor der Mathematik aus Rostock, der mich auch geheiratet hätte, wenn ihm nicht jemand die Sache mit dem jungen Assessor von Windels verraten hätte – der wahrscheinlich auch dein Vater ist. – Aber ich weiß es selbst nicht.«

Als wenn es heute wäre, so deutlich war ihr jedes Wort, das die Mutter damals sprach, im Gedächtnis.

Achtundzwanzigstes Kapitel.

Fieberhaft war die Tätigkeit, die Johannes in dieser Zeit entwickelte. Bevor er ganz öffentlich als der Erwählte Kornelia van Vestrums galt, sprach er mit Kargert und der Amme, in deren Hände er die letzte Entschließung legte.

»Sie beide!«, sagte er, »kennen Kornelia am besten. Sie, Robert Kargert, kennen auch mich. Ich bin nicht mehr der Jüngste, habe ein bewegtes Leben hinter mir, bin reif für die Ehe. Ich bin immer ein Kämpfer gewesen. Ein Troubadour war ich nie. Ich werde auch auf Schloss Vestrum auf Kraft und Gesundheit achten, und nicht als Minnesänger mit der Laute zu Kornelias Füßen sitzen. Sentimentalität ist ihrem Wesen nicht förderlich. Hätte sie mehr Kraft und Selbstvertrauen besessen, nie wäre geschehen, was geschehen ist.«

Kargert war überzeugt und gestand sich, dass er nicht der richtige Mann für Kornelia gewesen wäre. Sie war bei Johannes außer Gefahr und in sicherer Obhut.

Auch die Amme, durch Brigitte vorbereitet, verschloss sich nicht der Einsicht, dass nach all den Erschütterungen für Kornelia und Schloss Vestrum eine starke Hand und ein zielbewusster Wille notwendig waren. Beides, was Kargert nicht zu geben vermochte, bot Johannes. Und so unterstützten sie ihn in seiner Absicht und gaben der Überzeugung Ausdruck, dass diese Verbindung im Interesse Kornelias durchaus wünschenswert sei.

Kurz darauf stellte Kornelia der Dienerschaft Johannes van Gudry als ihren Verlobten vor.

Von nun an war es selbstverständlich, dass er unangemeldet im Schlosse aus- und einging. Und als er im Auftrage Brigittes, die ihn schon jetzt als Herrn schalten ließ, die Weisung gab, alle Räume, Böden, Decken und Wände nach einem Gemälde abzusuchen, auf dessen Entdeckung er eine hohe Belohnung setzte, rührten sich Tagelang von früh bis spät alle Hände.

Aber sie fanden nichts.

Machte der Wert des Bildes auch nur einen verschwindenden Bruchteil von dem Gesamtwert dessen aus, was Schloss Vestrum repräsentierte, so ließen Sammlerleidenschaft und der Trieb, einmal Begonnenes zu Ende zu führen, Johannes keine Ruhe. Dabei beging er, wie die meisten Menschen, den Fehler, dem am Nächstliegenden keine Aufmerksamkeit zu schenken.

Zwar ließ er aus der Bibliothek, in der die Ahnenbilder hingen, sämtliche Bücher entfernen und die Wände beklopfen. Aber an den Ahnenbildern selbst, den Gobelins und dem Spiegel rührte er nicht, weil er sich als standesbewusster Herr van Gudry sagte, dass dies geheimgehaltene, von der Mesalliance eines der Ahnen zeugende Bild nicht in diesen heiligen Räumen hängen werde. –

Gleichzeitig mit diesen Nachforschungen liefen wichtige Veränderungen, die den Zweck hatten, letzte Unterschiede zwischen Kornelia und Brigitte zu beseitigen. Es hatte sich anhand von Kornelias Schuhen herausgestellt, dass Brigitte einen schmaleren Fuß hatte.

»Das nutzen wir aus!«, sagte Johannes. Und als ihn Brigitte verständnislos ansah, fuhr er fort: »Die Schuhe Kornelias werden verbrannt! Sämtlich! Neue und Alte! Und für jedes dieser Paare bekommst du ein neues, eng an deinen Fuß anschließendes. Du trägst sie ab, und zwar gewaltsam, bis sie aussehen, wie diese hier. Und wenn du Tag und Nacht darin herumlaufen musst.«

»Was soll das?«, fragte Brigitte.

»Es könnte sein, dass Kornelia eines Tages hier auftritt und die Stirn hat, zu behaupten, sie sei die rechtmäßige Herrin.«

»Ach du lieber Gott!«, sagte Brigitte enttäuscht. »Das hältst du für möglich? Dem hast du keinen Riegel vorgeschoben?«

»Doch! Aber man muss jede Möglichkeit ins Auge fassen – auch die unwahrscheinlichste.«

»Und mit einem paar Dutzend Stiefeln glaubst du ihre Unrechtmäßigkeit nachzuweisen?«, fragte sie spöttisch.

»Die nebensächlichsten Dinge entscheiden oft die wichtigsten Fragen. Im Übrigen ist das nur eins unter vielem. Denke dir, Kornelias Schuhe werden hervorgeholt – sie passen dir und ihr nicht! Ja, dieser stumme Zeuge bewiese mehr als ein Dutzend Lebender.

»Du bist mit allen Wassern gewaschen«, sagte Brigitte.

»Und du brauchst dich auch nicht zu verstecken«, erwiderte Johannes. »Hier!« – er warf ihr ein Paar langer, grauer Schweden zu, die er aus einer Kommode Kornelias nahm – »zieh' sie mal über, ob sie dir passen.«

Sie saßen wie angegossen.

»Schade!«, sagte Brigitte, »wir hätten es sonst mit den Handschuhen ebenso machen können. – Wie ist es denn mit den Hüten?« –

Sie setzte einen Hut Kornelias auf, der ihr entschieden zu breit war. Daraufhin wurden sämtliche Hüte von einem zuverlässigen und sachverständigen Menschen verändert.

Auch das Parfüm, das Kornelia benutzte, wurde nachbestellt, ebenso die Badesalze, Seifen und Puder, was zur Folge hatte, dass, zunächst den Menschen, auch der Barsoi nach kurzem Schwanken der Täuschung verfiel und Brigitte für Kornelia hielt, während der Dackel wohl aus seinem Korbe hervorkroch und Brigitte von allen Zeiten beschnupperte, sie dann aber verächtlich ansah, und mit eingezogener Rute in seinen Korb zurückkehrte. Auch dass Brigitte ihm auf Johannes Rat des Nachts getragene Wäsche von sich in den Korb legte, verfing nicht. Er stupste sie, sobald es dunkel war, mit der Schnauze heraus und verscharrte sie unter einen Schrank oder in eine Ecke. Und sie konnte ihn so lieb oder so energisch rufen, wie sie wollte, ihn mit dem leckersten Knochen reizen – er kam wohl aus seinem Korb hervor, sah sie scheel van der Seite an, knurrte und verkroch sich unter das Bett.

Er war aber auch der Einzige von etwa Hundert, die Brigitte die Gefolgschaft versagten. Alle Anderen liebdienten wenn möglich noch eifriger als zuvor und fanden, dass ihre Herrin trotz des Erlebten jünger und schöner geworden sei.

Das Erlebte selbst, über das die unsinnigsten Dinge im Umlaufe waren, erhöhte den geheimnisvollen Reiz, der von jeher über ihre Person gebreitet war.

Es waren kaum acht Tage vergangen, da sagte die Amme zu Kargert: »Sie ist dieselbe geblieben. In Allem! Nur ruhiger und gründlicher ist sie geworden.«

Und als Beweis dafür führte sie an, dass sie doppelt solange, wie früher des Abends die Bibel las und mit weit größerer Sorgfalt beim Schlafengehen die Haare steckte.

»Sie spricht auch wieder wie früher«, versicherte sie lebhaft. »Anfangs schien mir in ihrem Blick und in ihrem Organ eine Veränderung vorgegangen zu sein. Alles das ist jetzt nicht mehr! Wir haben sie wieder, ganz so, wie sie war.«

Es war die Gewohnheit, die die Amme auch in der Stimme keinen Unterschied mehr finden ließ, den Kargert, – im Gegensatz zu Johannes, mit dem er darüber sprach – noch immer wahrnahm und den er sich mit allem Möglichen erklärte, nur nicht damit, dass die Trägerin eine andere war. Der Gedanke kam Niemandem auch nur für einen Augenblick.

Ja! Wenn der Dackel hätte sprechen können! Neben dem Körbchen, in dem er nachts, und seit Kornelias Verschwinden meist auch am Tage, lag, stand eine Art Truhe, in der die Zofe Kornelias schmutzige Wäsche aufbewahrte. Schon früher hatte es den Dackel zu dieser Truhe gezogen, in der er es sich in unbewachten Stunden heimisch machte. Hier fühlte er sich, die Nase tief in die

Wäsche versteckt, seiner Herrin besonders nahe! Hier war er Dackel, hier durft' er's sein!

Seit Kornelias Verschwinden war die Truhe eine heimliche Zuflucht für seinen stillen Kummer geworden. Stunden glücklichen Erinnerns verlebte er hier im Traum, in dem – wer kümmerte sich noch um ihn! – kein Mensch ihn störte.

Aber aus diesem Liebestempel stürmten ihm außer lieben Erinnerungen auch süße Düfte seiner Herrin entgegen, die er dann den ganzen Tag über in seiner Nase mit sich herumtrug und die ihn immun gegen alle Annäherungsversuche Brigittens machten.

Diese fremde Person, die sich in dem Bett Kornelias breitmachte, hasste er. Und er verstand nicht, wie mit allen anderen auch die Amme – die einzige, der er Vertrauen entgegenbrachte – auf diesen plumpen Schwindel hineinfallen konnte.

Außer ihm war es nur noch Kornelias Lieblingsstute *Betty*, die, wenn Brigitte auf ihrem Rücken saß, keinen Augenblick lang an Kornelia dachte. Aber darin erschöpfte sich auch ihr Protest – sofern man das als Protest bezeichnen kann. Denn sie nahm gern und täglich den Zucker, den Brigitte ihr reichte, und ließ ihn sich genau so munden, als wenn er von Kornelia käme.

Da Kornelia aus Gründen, die in ihrem ererbten Triebe lagen, der sie vorsichtig erst, dann menschenscheu werden ließ, für sich gelebt und sich nur wenig um ihre Leute gekümmert hatte, so war es für Brigitte nicht schwer, sich die Sympathien ihrer Untergebenen zu gewinnen.

Sie nahm teil an allem, ging in die Arbeiterhäuser; besserte die Gehälter auf, half, wo Kinder oder Kranke waren, in der Lebensführung nach und zeigte für jeden Wunsch und jede Forderung Verständnis und Gehör.

Alles das geschah genau nach den Anweisungen, die Johannes gab. Auch er gab sich Mühe, freundlich zu erscheinen, heuchelte Teilnahme, verbesserte Anlagen und tat, als wenn sich seine Welt in der Bewirtschaftung des Schlosses und seiner Anlagen erschöpfte.

In Wahrheit verfolgte er ganz andere Pläne. – Diese Menschen kümmerten ihn den Teufel was! Sobald die Gefahr Kornelia endgültig beseitigt war, jagte er diese Tugendbolde sämtlich zum Teufel.

Dies schloss mit seinen Jahrtausend alten Wäldern, mit seinen Gräben, Teichen, Verstecken, Türmen und verborgenen Gängen war von seinen Erbauern nicht errichtet worden, um dereinst als Musterstätte ehrlicher Arbeit, frommer Tugend und christlicher Nächstenliebe zu gelten. Hier hatten Jahrhunderte Faustrecht und Gewalt geherrscht, die sich den Teufel was um die Gesetze kümmerten. Kaufleute, die des Weges kamen und in der Ferne die Türme des Schlosses aufsteigen sahen, machten Halt oder änderten den Kurs, um mit ihrer Ware dem Raubritter vom Schlosse Vestrum nicht in die Hände zu fallen.

Schämte sich etwa einer der Nachkommen der Vestrums dieser Vergangenheit, von der die Chronik spaltenlang verkündete?

»Ich will die Ahnen ehren und die alte Zeit neu erstehen lassen – eine Raubburg soll Schloss Vestrum werden mit allem modernen Komfort!« – Er lachte laut, als er Peter Last seine Pläne entwickelte. »Der Name van Gudry auf Vestrum soll als der des größten Hochstapler aller Zeiten jahrtausendelang guten Klang haben! Ich werde die Chronik meines Lebens selbst schreiben, die dann nach zweihundert Jahren veröffentlicht und alle Biografen, die in der Zwischenzeit mein Leben in Büchern einzusaugen suchten, widerlegen soll. Mit einem genauen Verzeichnis all der Kunstschätze, die ich in den fünf Weltteilen zusammengestohlen habe. Der Menschheit werden die Augen übergehen und an den Börsen die Aktien der Versicherungsgesellschaften einen ungewohnten Kurssturz erleiden.«

»Schade, dass wir das nicht miterleben«, meinte Peter Last.

»Was wir erleben, ist tausendmal großartiger!« begeisterte sich Johannes. »Wir werden die ganze Welt in Aufruhr versetzen. Das Märchen von dem Gespenst, das auf Schloss Vestrum herumschleicht und von dem sich bisher nur ängstliche Kinder und alte Weiber etwas erzählen, muss religiös aufgeputzt werden und internationale Berühmtheit erlangen. Schloss Vestrum muss ein Wallfahrtsort der Begüterten dieser Erde werden! – Es gibt keine Dummheit, die, richtig verkündet, nicht geglaubt wird. Das jahrhundertelang im Schloss verborgen gehaltene Bild von Frans Hals muss ans Tageslicht! Wie ein Wunder muss sein plötzliches Erscheinen wirken.«

»Es könnte vielleicht das Gespenst ablösen«, meinte Peter Last und schüttelte sich vor Lachen.

»Gewiss könnte es das«, erwiderte Johannes. »Aber erst, nachdem es uns als Mensch von Fleisch und Blut erschienen ist und uns verkündet hat: ›Wer mich schaut, und an mich glaubt, dem werden die Schätze der Welt in den Schoß fallen.‹ – Drei-, viermal im Jahre wird es erscheinen – je nachdem es uns beliebt. – Aber zwölf Monate lang wird die Menschheit in und um Vestrum auf das große Wunder warten und ihm Opfer bringen.«

»Und wenn wir das Bild nicht finden, so muss es geschaffen werden.«

Johannes schüttelte den Kopf und sagte: »Nein! – Es wird, wie überall, so auch hier, ein paar Menschen geben, die einen klaren Kopf behalten, das Maul aufreißen und ›Schwindel!‹ schreien. Indem man die Echtheit des Frans Hals nachweist, bringt man sie zum Schweigen und stärkt und vertieft zugleich den Glauben der Dummen.«

»Wir müssen Kornelia zwingen.«

»Das werden wir tun, verlass dich drauf! – Mithilfe dieses Bildes kann man einen neuen Glauben schaffen und die halbe Welt aus den Fugen heben.«

Neunundzwanzigstes Kapitel.

Eines Morgens begehrte eine vornehme, schwarz gekleidete Frau Kornelia zu sprechen.

Der alte Diener schüttelte den Kopf und sagte: »So ohne Weiteres geht das nicht. Ich muss doch wissen, wen ich melden soll.«

»Sagen Sie nur Frau van Jörgens mit Grüßen von Herrn van Gudry.«

Das verschaffte ihr Zutritt zu Brigitte, die grade in der Bibliothek saß und auf Johannes' Geheiß, ohne zu ahnen, was der damit bezweckte, die unzähligen Stiche, die dort herumlagen, aus den Mappen nahm und wieder hineinlegte.

Brigitte stand auf, als Frau van Jörgens die Bibliothek betrat und ging ihr entgegen.

»Sie kannten mich dem Namen nach?«, fragte Frau van Jörgens.

Brigitte erwiderte: »Nein!«, und bat sie, sich zu setzen.

Sie saß kaum, da nahm sie ihren Schleier zurück, sah Brigitte groß an und sagte feierlich: »Kornelia van Vestrum! Ich warne Sie!«

Brigitte war erstaunt und fragte: »Wovor?«

»Vor dem Manne, der Sie eingefangen hat.«

»Und mit welchem Recht geschieht das, wenn ich fragen darf?« erwiderte Brigitte.

Frau van Jörgens kämpfte schwer und sagte: »Ich liebe ihn – obschon ich weiß, dass er ein Schuft ist.«

Brigitte schloss die Augen. Zum ersten Male, seitdem sie auf Schloss Vestrum war, vergaß sie die Rolle, die sie hier spielte, war sie sie selbst – und sagte: »Auch ich weiß, dass er ein Schurke ist – auch ich liebe ihn.«

Frau van Jörgens erhob sich und sagte seufzend: »Arme Frau!«

»Ich verdien' es so!« erwiderte Brigitte und senkte den Kopf.

»Sie, Kornelia van Vestrum, verdienen es?«

Brigitte fuhr zusammen, besann sich auf die Rolle, die sie hier spielte und sagte: »Sie nicht – ich!«

»Hat er Sie so verwirrt?«, fragte Frau van Jörgens.

Brigitte fuhr sich mit der Hand über das Gesicht und sagte: »Es ... scheint ... fast ... so. – Aber Sie irren. Es ist anders! – ganz anders! – und Sie können mir nicht helfen.«

»Ich will ja mir helfen!«, beteuerte sie.

»Sich? – ja, wie?«

»Sagen Sie sich von ihm los! – Machen Sie sich frei von ihm! – Er richtet Sie zugrunde! – Glauben Sie es mir! – Ich bin ihm verfallen. – Kann ohne ihn nicht mehr sein! – Tue alles, was er will! – Gutes und Böses! – Aber Sie sind noch Herr über Ihre Entschließung! – Wie lange noch? – Vielleicht noch heute – und morgen nicht mehr! – Ich rate Ihnen gut!«

»Sie wollen ihn für sich haben!«, sagte Brigitte grade heraus, und Frau van Jörgens erwiderte ebenso offen: »Ja! – Obgleich ich weiß, ich gehe bei ihm zugrunde.«

Johannes, der während der letzten Worte an der Tür gestanden hatte, trat ins Zimmer.

»Scheinbar soll ich hier verlost werden«, sagte er.

»Johannes!«, rief Frau van Jörgens und wandte sich zu ihm.

»Was suchst du hier?«

»Verzeih! – Ich konnte nicht anders ...«

»Ich liebe Kornelia!«, sagte Johannes.

»Du liebst!«, rief Frau van Jörgens und lachte laut auf. »Als wenn du lieben könntest! – Darin liegt ja deine Macht über uns, dass du es nicht kannst. – Oder glauben Sie« – wandte sie sich an Brigitte – »dass Johannes van Gudry fähig ist, zu lieben – dass er gar Sie liebt?«

»Ich habe darüber noch nicht nachgedacht.«

»Tun Sie's!« drängte Frau van Jörgens.

Brigitte schüttelte den Kopf und sagte: »Nein! – denn es bliebe, da ich ihn liebe, doch alles, wie es ist.«

»Dann ist Ihnen nicht zu helfen – so wenig wie mir!«

»Seit wann diese Nächstenliebe?«, fragte Johannes spöttisch. »Hat mein Einfluss so veredelnd auf Sie gewirkt?« »Treibe mich nicht zur Verzweiflung!«, drohte Frau van Jörgens.

»Keine Komödie, wenn ich bitten darf«, erwiderte Johannes. »Kornelia van Vestrum ist ein Tatsachenmensch wie ich. Wir passen ausgezeichnet zusammen.«

»Bis du auch ihrer überdrüssig bist.«

»Das ist, da wir gemeinsame Pläne haben, fürs Erste nicht zu befürchten.«

Frau van Jörgens erkannte, dass jeder weitere Versuch zwecklos war. Noch einmal wandte sie sich an Brigitte und sagte: »Sie werden an mich denken, Kornelia van Vestrum!«

»Möglich!«, erwiderte Brigitte und sah sie scharf an. »Nie aber werde ich um Liebe betteln gehen.«

Frau van Jörgens zuckte zusammen.

»Kitsch! Diese Komödie!«, rief Johannes.

»Es ist keine Komödie«, wehrte sich Frau van Jörgens. »Du bist ein Vieh!«

»Das man trotzdem lieben muss«, fuhr er lachend fort – und lachte noch, als Frau van Jörgens längst draußen war.

Und als man sie am nächsten Morgen tot aus dem Schlosssee zog, stampfte er mit dem Fuß auf und wiederholte wütend: »Ein Kitsch ist dies ganze Frauenzimmer. Eine Lächerlichkeit!«

»Dir ist auch nichts heilig«, meinte Brigitte, aber Johannes, der im Reitdress vor ihr stand, kniff die Augen zusammen und sagte: »Nun fang du nicht auch noch an, sentimental zu werden.«

»Fällt mir nicht ein«, erwiderte sie und schwang sich aufs Pferd. – Und nach einer Weile sagte sie: »Aber sehen möchte ich sie, wollen wir nicht am See vorbeireiten?« »Danke!«, erwiderte Johannes. »Das ist nichts auf nüchternen Magen. Komm in die Sonne!«

Da lachte Brigitte und sagte: »Und du willst ein Kerl sein?«

Dreißigstes Kapitel.

Bei dem Gefängnisdirektor ließ sich ein Advokat Dr. Ziemssen melden, der angab, die Strafgefangene Brigitte aus vermögensrechtlichen Gründen sprechen zu müssen. Da Dr. Ziemssen sich auswies, so sah der Direktor keinen Grund, die Bitte abzuschlagen.

Kornelia erklärte der Wärterin, einen Advokaten dieses Namens nicht zu kennen. Auch kämen vermögensrechtliche Fragen, da sie völlig mittellos sei, für sie nicht infrage. Sie sei arm und wolle arbeiten und sich ihr Geld selbst verdienen. Infolgedessen habe sie keinerlei Interesse, mit dem Herrn zu sprechen.

Die Wärterin widersprach und meinte: »Ihre guten Vorsätze in allen Ehren! Aber so schroff lehnt man nicht ab. Wenn es sich wirklich um Zuwendungen von Verwandten handelt, so brauchen Sie das Geld ja nicht für sich zu verwenden« – und dabei wies sie auf die anderen Gefangenen, die abseits standen und nur teilweise hörten, was sie miteinander sprachen.

»Sie haben recht!«, rief sie, »führen Sie mich zu ihm.«

Kornelia erschrak, als sie in dem engen Empfangsraum Johannes van Gudry gegenüberstand. Sie erkannte ihn sofort, trotz seiner Maske, die ihn anderen gegenüber unkenntlich machte.

Als die Wärterin draußen war, sagte Kornelia: »Hätte ich gewusst, dass Sie es sind, ich wäre nicht gekommen. – Ich will Sie nicht sehen; ich will überhaupt mit Ihnen nichts zu tun haben.«

»Um sich den Luxus zu gestatten, Ihren Verkehr nach Sympathie zu wählen, hätten Sie anders leben müssen.«

»Ich bin frei! – völlig frei! – Ich kann tun und lassen, was ich will.«

»Den Eindruck habe ich nun grade nicht«, erwiderte Johannes mit einem Blick auf die vergitterten Fenster.

»Ich spreche von meiner innerlichen Freiheit – aber davon verstehen Sie nichts – können Sie nichts verstehen – da Sie kein Mensch sind.«

»Sie scheinen ja bei ausgezeichneter Laune zu sein.«

185

»Das bin ich. Und ich habe mich nie im Leben freier, froher und glücklicher gefühlt.«

»Dann werden Sie am Ende zeitlebens hier Aufenthalt nehmen.«

»O nein! Ich werde nach Schloss Vestrum zurückkehren. – Und zwar anders, als ich gekommen bin. – Erhobenen Hauptes und frei im Willen.«

»Das, fürchte ich, wird nicht mehr gut möglich sein!«

Kornelia erschrak.

»Wieso? – Was wollen Sie damit sagen?« fragte sie lebhaft.

»Nehmen Sie an, durch eine genaue Untersuchung wären Ihre sämtlichen – – ich darf es sagen?«

»Bitte!«

»Diebstähle auf Schloss Vestrum festgestellt.«

»Was wäre dann?«, fragte sie ruhig.

»Zunächst wäre ideell damit Ihr Prestige erschüttert.«

»Das habe ich mit mir alleine abzumachen. – Und zu Ihrer Beruhigung kann ich Ihnen sagen, dass das bereits geschehen ist.«

Der sonst so Beherrschte verbarg schlecht sein Entsetzen, wurde unsicher, sah sie forschend an und fragte: »Ist das wahr?«

»Mein Wort darauf!«, erwiderte sie bestimmt.

»Gut!«, erwiderte er mit erheuchelter Ruhe, »dann bliebe noch immer Materielles abzumachen.« – Und da sie völlig unbewegt schien und schwieg, so fuhr er fort:

»Verjährtes scheidet aus – aber es bleibt noch genug bestehen, um ...« – er zögerte und sah sie an.

»Ich bedarf keiner Schonung!«, erwiderte sie. »Ich bin darüber hinaus! – völlig! – über alles!«

»Jedenfalls würde das, was bestehen bleibt, Ihren Aufenthalt hier um Etliches verlängern.«

»Möglich!«, sagte sie, »wenngleich unwahrscheinlich. Denn ich habe der Stelle, die allein es angeht, *und die nicht Sie sind, Herr van Gudry*, davon Mitteilung gemacht – natürlich ohne meinen Namen preiszugeben. – Die Dinge stehen so, dass ich nichts zu fürchten habe, – auch dann nicht! – Im Übrigen: ob ich in drei Monaten heimkehre oder in sechs – über mich ist eine Ruhe gekommen, die mich alles ohne Schwere und Bitternis tragen lässt.«

»Verblödet«, dachte Johannes, und erkannte nicht, dass Kornelia eine völlig Andere geworden war.

»Sie haben geistig gelitten!«, sagte er, »und brauchen Hilfe.«

Kornelia erwiderte lächelnd: »Möglich! – Man merkt das ja bekanntlich selbst zuletzt. – Aber von wem, meinen Sie, sollte mir diese Hilfe kommen? – doch nicht von Ihnen?«

»Doch! – Sie stehen im Begriff, den Namen van Vestrum zu schänden.«

»Nein! – Das Gegenteil ist der Fall! Er war geschändet – durch Generationen! – durch einen Fluch, der auf ihm lastete und der sich forterbte – auch auf mich. – Ich habe mich, und damit auch die, die nach mir kommen, davon befreit! – Wie, das werden Sie nie verstehen! – Jedenfalls bin ich stolz darauf.«

Johannes zog die Stirn in Falten und sagte: »Gut! Ich glaube es! Sie haben gestohlen, gekämpft, gebüßt und sich geläutert. Sie werden von nun ab nie mehr stehlen. – Das ist an sich gewiss recht lobenswert; und Sie haben ein Recht, darauf stolz zu sein. Aber sie vergessen, wie unendlich gleichgültig das für den Ruf des Namens van Vestrum ist.«

»Wie?«, fragte Kornelia erstaunt – »gleichgültig wäre das?«

Johannes fuhr unbeirrt fort: »Und auf den vor allem kommt es an! Weit mehr, als auf Ihre Person!«

»Ich weiß das!«

»Nun also! Sie können stehlen, soviel Sie wollen! Tausend mehr und tausendmal ungenierter. Das schadet dem Ruf Ihres Namens nichts! Nur auf eins müssen Sie achten: Sie dürfen sich nicht dabei fassen lassen! – Das Stehlen ist eine Kunst wie jede andere. Was bestraft wird, ist der Dilettantismus. – Sie hätten also viel klüger und weit mehr im Interesse des Namens van Vestrum gehandelt, wenn Sie sich, statt sich zu läutern, in der Kunst des Stehlens vervollkommnet hätten!«

»Das sind die Prinzipien eines Verbrechers.«

»Möglich! – Jedenfalls urteilt die Welt danach – und von dem Ruf oder dem Klang, den der Name Vestrum in der Welt genießt, sprachen wir ja wohl.«

Kornelia schüttelte den Kopf und sagte: »Reden Sie ruhig, Herr van Gudry, mich können Sie nicht mehr irremachen. Letzten Endes kommt es für einen anständigen Menschen auf die innere Reinheit an; dass er vor seinem eigenen Gewissen besteht. Tut er das, dann ficht ihn das Urteil der Welt nicht an.«

»Sie haben sich in diesen heiligen Räumen zu der Moral einer Pastorentochter herabentwickelt, über die man in der Welt draußen lacht.«

»Mag man lachen – das kümmert mich wenig.«

»Sie sollten dann aber auch konsequent sein und sich in ein Kloster verkriechen.«

»Ich brauche mich vor niemandem mehr zu verkriechen!«

»Vor Einem am Ende doch!«

»Auch nicht vor Ihnen!«, erwiderte Kornelia.

»Sie vergessen schnell!«

»Und wenn Sie den Rest Ihres Lebens damit verbringen, der Welt zu verkünden: Kornelia van Vestrum ist eine Diebin: So wird ein tausendfaches Echo Ihnen erwidern: Sie *war's*! Jahrhundertelang lastete auf dem Geschlecht der Vestrums ein Fluch. Kornelia hat das Kreuz auf sich genommen: Sie hat gebüßt für Alle und das Geschlecht der Vestrums von dem Fluch befreit.«

»Das werden Sie nicht tun!«, rief Johannes.

»Ich werde es tun!«, erwiderte sie erhobenen Hauptes. »Und es kann Ihnen geschehen, Herr van Gudry, dass sie aus der Diebin und Büßerin eine Heilige machen!«

Dann schritt sie zur Tür, vor der die Wärterin stand und wartete:

»Sie wollen den Kampf!«, rief Johannes ihr nach. »Sie sollen ihn haben!«

Kornelia schritt freier und stolzer noch, als sie gekommen war, aus dem Zimmer, ließ die Tür hinter sich offen stehen und sagte, ins Zimmer weisend zu der Wärterin – so laut, dass er es hören musste: »Dieser Mensch da ist unter falschem Namen hier eingedrungen! In diesem Hause ist keiner, der ihm an Schlechtigkeit gleichkommt. Sorgen sie dafür, dass man ihn hinauswirft und nie mehr vorlässt.« Und die Wärterin, die in diesem Augenblick vergaß, dass sie eine Gefangene vor sich hatte, ging hinaus, um nach Kornelias Worten zu handeln. –

Johannes verschwand schnell. Er war in der Absicht gekommen, Kornelia zu veranlassen, dass sie nach Ablauf der neun Monate mit den Papieren Brigittes auf ein paar Jahre nach Manáos zu seinem Vetter ging, wo sie, als Dame behandelt, dem Hause vorstehen und ein angenehmes Leben führen konnte, bis die Zeit reif für ihre Rückkehr war.

Er hatte alles bis ins Kleinste durchdacht und war überzeugt gewesen, dass es ihm mühelos gelingen würde, Kornelia, deren Widerstandskraft er gebrochen wähnte, für seinen Plan zu gewinnen. Sie war dann, wie so mancher vor ihr, eines Tages einfach verschollen. Wer sich in den Wäldern bei Manáos verirrte, galt für verloren, und auf den meist zwecklosen Versuch, ihn wiederzufinden, verwandte man nicht viel Mühe. So dachte Johannes; und so durfte er denken, da auf den Manáoser Vetter Verlass war.

Und nun war ihm statt der gebrochenen Kornelia ein neuer Mensch entgegengetreten. Einer der Wenigen, die den äußeren Schein des Lebens als unwesentlich erkannt, daher abgestreift hatten und nach Innen lebten. Menschen dieser Art, die ihren Wert in sich und *nur* in sich trugen, war schwer beizukommen. Denn sie schreckte keine Drohung; was man ihnen nehmen konnte, galt ihnen nichts.

Johannes war klug genug, um die Gefahr zu erkennen, die ihm hier drohte. Sie zu beheben, war nicht leicht; gab es nur einen Weg – den äußersten, den er ungern beschritt. Denn geistigen Menschen gilt die Gewalt als letztes Mittel.

Einunddreißigstes Kapitel.

Während Johannes van Gudry seine Ehe betrieb und mit Peter Last, der zum Hausmeister mit weitgehendsten Befugnissen vorgerückt war, über Mittel und Wege zur Beseitigung Kornelias nachsann, machten Gefängnisdirektor und Geistlicher der Strafanstalt eine Eingabe an das Ministerium, in dem sie die Begnadigung Brigittes nachsuchten.

Die Eingabe schloss mit den Sätzen:

»Ein weiteres Verbleiben der Strafgefangenen Brigitte Madsen in der Anstalt ließe sich nur dadurch rechtfertigen, dass man auf den segensreichen Einfluss, den sie auf die Mitgefangenen ausübte, nicht ohne Not verzichten will. Darin läge aber eine unberechtigte Härte, es sei denn, dass sie freiwillig diesen Dienst der Nächstenliebe auch für den Rest ihrer Strafzeit auf sich nähme. In diesem Falle, der bei der Veranlagung der Strafgefangenen Brigitte Madsen im Bereiche der Möglichkeit liegt, erlauben wir uns die gehorsame Bitte, sie nach erfolgter förmlicher Entlassung für die restlichen drei Monate als freie Beamtin bei uns wirken zu lassen.

Wir sind uns des Ungewöhnlichen unseres Schrittes durchaus bewusst; ebenso bewusst aber sind wir uns der Tatsache, dass es sich hier um einen ungewöhnlichen Fall und einen ungewöhnlichen Menschen handelt.«

Das bürokratische Ministerium zeigte für derart menschliche Regungen, die sich in keinem der bestehenden dreitausendsiebenhundertundsechsundfünfzig Paragrafen der Strafrechtspflege fügen ließen, kein Verständnis. Er verwies Gefängnisdirektor und Geistlichen auf ihre durch das Gesetz scharf begrenzten Kompetenzen, innerhalb deren Eingaben dieser Art nicht vorgesehen waren, erließ im Übrigen aber der Strafgefangenen Brigitte Madsen aufgrund des § 2785, Absatz II, den Rest der Strafe. –

Mit dieser Möglichkeit hatte Johannes van Gudry, der sonst an alles dachte, nicht gerechnet. Er betrieb als nächsten Schritt seine Ehe, der sich von keiner Seite mehr Widerstände entgegenstellten. Das Kapitel Kornelia vertagte er, obschon kein Tag verging, an dem er nicht über Möglichkeiten nachdachte, es ohne Anwendung von Gewalt zu lösen.

Abenteuerliche Gedanken, die die Fantasie eines Poe und E. T. A. Hoffmann in Schatten stellten, kamen ihm.

War das Gemälde von Frans Hals, von dem ein neuer Glaube – und wenn es nur ein Aberglaube war – ausgehen sollte, eine tote Heilige, so sollte Kornelia van Vestrum ihm Leben einflößen. War das Gespenst, von dem man sich erzählte, dass es im Schloss sein Wesen treibe, ein Spuk, an den nur alte Weiber glaubten, so sollte es jetzt greifbare Beweise körperlichen Daseins geben. Als Gefangene wollte er Kornelia behandeln, sie ganz seinem Willen unterwerfen und sich ihrer als Werkzeug seiner Pläne, und zugleich als sichtbares Zeichen einer höheren Macht bedienen.

Wie das geschehen sollte, war eine Frage, zu deren Beantwortung ihm Zeit genug blieb, wenn – ja wenn sich die Zeit der Gefangenschaft Kornelias nicht um ein Drittel verkürzt hätte.

So aber kamen ihm die Ereignisse zuvor.

Es hatte sich nicht vermeiden lassen, dass die gesamte Dienerschaft auf Vestrum den Termin seiner Hochzeit erfuhr, obschon er sich bemüht hatte, ihn geheim zu halten.

Die Kirche des Dorfes war festlich geschmückt, der Weg vom Schloss zur Kirche dicht von Menschen besetzt, die sämtlich in irgendeiner Beziehung zu Schloss Vestrum standen. Denn die Bezeichnung »Schloss Vestrum« umfasste außer dem Schloss und den zahlreichen Wirtschaftsgebäuden mehrere, den Vestrums gehörige Fabrikanlagen, den Riesenpark, Tausende von Morgen Landes, einen fischreichen See und schließlich das Dorf, in dem die Fabrik- und Landarbeiter wohnten.

Der Tag, an dem Kornelia, die Herrin, die Ehe mit Herrn van Gudry einging, galt Allen als Festtag. Die Fabriken standen still, auf den Äckern bewegte sich kein Pflug.

Es war – Brigitte hatte es sich gewünscht – ein Fest, dem alle Fremden fernblieben und an dem nur die Leute, die auf Vestrum beschäftigt waren, teilnahmen.

Nach der kirchlichen Trauung fand in dem Schlosspark unter den Jahrhunderte alten Bäumen ein Festmahl statt, an dem über sechshundert Menschen teilnahmen.

Rechts von der jungen Frau Kornelia saß der Geistliche, links von Herrn van Gudry die Amme, von Dr. Kargert geführt, dem die Teilnahme an dem Fest nicht leicht fiel. Denn wenn er sich im Laufe der Wochen auch davon überzeugt hatte, dass er für Kornelia nicht mehr dasselbe empfand wie früher, so hatte er sich das mit ihren Leiden erklärt und bis zuletzt im Stillen gehofft, dass sie im Laufe der Zeit wieder das alte werden würde. Dem war nun Johannes van Gudry zuvorgekommen.

An der Schmalseite der hufeisenförmig gedeckten Hochzeitstafel saßen beim Brautpaar die festlich geschmückten Kinder, es folgten dem Alter nach die Erwachsenen. Eine zwölfköpfige Kapelle spielte und die Kinder sangen, abwechselnd mit den Alten.

Erst sprach der Geistliche mit Pathos und Überzeugung: »Selig sind, die reinen Herzens sind; denn sie werden Gott schauen.« – Und die Kindlein horchten auf, und Brigitte vergoss Tränen, die, wenn sie auch nicht aus dem Herzen kamen, doch echt waren. – Später dann, als es schon dämmerte und der rote Wein zu wirken begann, erhob sich ein uralter Mann, der auf Schloss Vestrum geboren war, Vater und Mutter Kornelias gekannt und unter denselben Bäumen, deren Hochzeit mitgefeiert hatte.

»Daher«, meinte er, »nehme ich mir die Freiheit, für uns Alle hier zu reden. Seit dem Tage, an dem der junge Herr van Vestrum auf der Jagd sein Leben ließ und die junge Herrin ihm nachstarb – hier unter diesen alten Linden haben wir sie aufgebahrt – die Amme, das verwaiste Kind im Arm, stand zwischen den beiden Särgen – seit dem Tage, da wollte hier keine Freude mehr aufkommen. Dreißig Jahre lang hat man auf Schloss Vestrum keine Musik mehr gehört. Wer daheim spielte, schloss die Fenster. Dreißig Jahre lang haben sich unsere Kinder nicht mehr geschmückt, ist auf der Wiese nicht mehr getanzt worden. Kein Wunder, dass aus dem ewig stillen Schloss Spuk und Gespenstergeschichten drangen. Kaum, dass man sich in der Dunkelheit noch in den Park wagte.«

Ein greller Schrei aus vielen Stimmen durchriss die Luft. – Frauen und Männer, die unten an den Enden der Tische saßen, sprangen auf und starrten auf das hohe Gittertor, hinter dem eine Frauensperson stand, die man an der Schmalseite der Tafel noch nicht recht erkennen konnte.

Die Bewegung pflanzte sich fort, griff bis zu den Mitten der Tische über – die Menschen, die am Weitesten unten saßen, schoben sich zurück, ließen ihre Plätze im Stich und drängten auf die zur Mitte hin, die ihrerseits aufsprangen und rückwärts wichen.

Und das Wort, das sich auf die Lippen drängte, erklang erst leise und vereinzelt, dann lauter und von vielen Stellen zugleich, bis es wie ein Akkord anschwoll und Alle ergriff: »Das Gespenst!«

Mit weit aufgerissenen Augen standen sie da und starrten in die Dämmerung, auf das Gittertor, das sich in den Park schob und in den Kies tiefe Furchen grub.

Hier und da hob sich ein Arm, und eine Hand wies auf die Erscheinung, die langsam vorwärtsschritt und jetzt am Ende eines der leeren Tische stand.

Im Innenraum der hufeisenförmigen Tafel rückwärtsdrängend, standen sie zu Hunderten zusammengepfercht, wie an eine Barriere an die Schmalseite gedrückt, an der das Brautpaar und die Kinder saßen.

Die Gestalt trat näher – stand jetzt in der Mitte der Tafel – blieb stehen.

Die Amme sank ohnmächtig auf ihren Stuhl, Kargert entfärbte sich, der Geistliche faltete die Hände und sprach ein Gebet, die Kinder schrien laut. Brigitte klammerte sich an Johannes' Arm.

Johannes erkannte, was war; riss sich von Brigitte los, sprang auf den Tisch, schrie: »Musik!« – Treibt das Gespenst fort!«

Kein Ton erklang, keine Hand rührte sich.

»Schlagt sie tot!«, brüllte er.

Entsetzt drängten alle noch enger zusammen.

Da erklang hell die Stimme des vermeintlichen Gespenstes.

»Erkennt Ihr mich nicht? Ich bin Kornelia van Vestrum!«

Johannes brach in lautes Lachen aus, das aber gequält, fast ängstlich klang.

Er beugte sich zu Brigitte, ließ sie auf einen Stuhl, vom Stuhl aus auf den Tisch steigen, wies auf sie und verkündete laut und drohend: »Hier steht Kornelia van Vestrum! Seit heute Kornelia van Gudry, meine Frau! – Und wehe dem, der es wagt, ihr in den Weg zu treten!«

Kornelia, die kaum hörte, noch weniger verstand, was Johannes sagte, starrte Brigitte wie ein Wunder an.

»Wie ist das möglich«, fragte ihr Blick. »Kann es das geben?«

Und sie bedachte nicht, dass sie in dieser Phase wichtigster Entscheidung kostbare Augenblicke verlor.

Johannes wusste es und war beherrschter.

»Fackel her!«, schrie er nach dem Schlosse zu in die Dämmerung, die nur noch die Konturen der Gesichter erkennen ließ.

Peter Last kam mit einer Fackel angerannt. Einem Diener, der gar zu eifrig mit einer zweiten Fackel herbeistürzte, schlug er sie aus der Hand.

»Her damit!«, brüllte Johannes, indessen Kornelia, während alle Andern mit ängstlichen Blicken an ihr hingen, gebannt Brigitte anstarrte, die jetzt im Schein der Fackel ihr noch mehr zu gleichen schien.

»Schaut her!«, rief Johannes und lenkte damit die Augen der Leute von Kornelia ab. »Kennt Ihr Eure Herin Kornelia?«

Und da die Leute in den letzten Wochen öfter mit Brigitte in Berührung gekommen waren als sie Kornelia in Jahren auch nur zu sehen bekommen hatten, so waren sie überzeugt, dass die Frau, die auf dem Tisch neben Johannes stand, Kornelia war. Umso mehr als sie ein unheimliches Gefühl von der gespensterhaften Gestalt Kornelias, die jetzt ganz im Dunkeln stand, abstieß.

Johannes legte den Arm um Brigitte, Peter Last, der auf einen Stuhl gestiegen war, rief: »Hoch lebe Kornelia van Gudry auf Vestrum!«

Jubelnd stimmten alle in den Ruf ein, und außer Johannes sah niemand, wie Kornelia sich umwandte, auf das Parktor zuschritt und langsam in der Dunkelheit verschwand.

Sie jubelten Brigitte und Johannes so laut und so lange zu, bis sie sich von letzter Angst und Beklemmung befreit fühlten. Dann erst wurden Fackeln auf die Tische gestellt und das Hochzeitsfest nahm seinen Fortgang.

»Trink!« feuerte Johannes Brigitte an, die, wie er, die Gefahr erkannt hatte, in der sie schwebten.

Kargert, der selbst benommen und stark bewegt war, führte die Amme, die sich nur schwer und langsam von ihrer Ohnmacht erholte, in das Schloss zurück.

»Was war das nur?«, fragte sie, als sie ganz wieder bei Besinnung war.

»Wüsst ich es nur,« erwiderte Kargert. »Anfangs hielt ich es für eine Sinnestäuschung, die der Wein, die Landschaft, die Dämmerung verursacht hatten, – alles das hielt ich mir vor, um es mir auszureden – aber dann, als ich die Stimme hörte – und vor allem jetzt, wenn ich mir diese Stimme wieder in Erinnerung rufe, dann scheint es mir – und zwar von Minute zu Minute mehr – als wenn es Wirklichkeit gewesen wäre – als wenn – ich wage nicht, es zu Ende zu denken. –«

»Reden Sie!« drängte die Amme und ergriff seine Hand.

»Als wenn es die Stimme Kornelias gewesen wäre!« stieß er hervor, und die Amme führte ihr Gesicht dicht an seins und flüsterte ihm zu: »Sie war's! – Oder warum sonst, glauben Sie, hätte ich das Bewusstsein verloren? Ich habe sie weder gesehen, noch gehört – aber mein Gefühl sagt es mir.«

»Denken Sie, wenn es so wäre! Wenn sie es wirklich war!«

»Warum sind Sie ihr nicht gefolgt? Ich konnte mich nicht rühren. Ich stand wie gelähmt.«

»Wenn sie es war – wer ist dann – die andre?«

»Alles erscheint mir plötzlich fremd an ihr.«

»Wir müssen sie suchen!«

Die Amme zog die Gardine vor das Fenster, auf das vom Park her grell die Fackel fielen.

»Ich bleibe nicht hier!«, sagte die Amme. Dann nahm sie hastig ein Tuch aus dem Schrank und beugte sich über den Korb des Dackels, der seit ein paar Tagen krank war, nicht fraß und sich nicht von seinem Lager rührte. – Der Korb war leer.

»Wo ist der Hund?«, fragte sie besorgt und suchte im Nebenzimmer.

»Konnte er hinaus?«, fragte Kargert.

»Gewiss!« die Tür stand offen. Aber er ist seit Tagen nicht einen Schritt gegangen.

Da nahm Kargert sie bei der Hand und führte sie hinaus. Von dem weichen Sand hoben sich deutlich die Spuren der Dackelpfoten ab. Kargert beugte sich darüber, betrachtete sie genau und sagte gerührt: »Nun besteht kein Zweifel mehr, dass es Kornelia war.«

»Er ist ihr nach«, sagte die Amme. »Er als Einziger!«

»Folgen wir ihm!«, rief Kargert und ging eilig mit der Amme in die Nacht hinaus. Vom hell erleuchteten Park her ertönte Musik.

Zweiunddreißigstes Kapitel.

Kornelia war nach ihrer vorzeitigen Entlassung, über die sie nicht beglückt war, nach Vestrum gefahren, hatte das Dorf leer und die Kirche geschmückt gefunden.

Sie war dann über die Felder gegangen, Wege, die sie kaum kannte und die ihr endlos schienen.

Keine Menschenseele war ihr begegnet, obschon es kein Sonntag war.

Die Sonne ging eben unter, da sah sie in der Ferne, wie in Glut getaucht, Türme des Schlosses aufsteigen.

Vom Eindruck überwältigt blieb sie stehen. Sie, die sich auf Vestrum immer schwach, unfrei und gefährdet fühlte, hatte zum ersten Male das Empfinden der Ungebundenheit, der Stärke und Macht. Sie wollten sie nutzen – zum Guten für sich und die Andern.

Aber mit dem Anblick des stolzen Schlosses kehrte auch die Erinnerung an dessen vielhundertjährige Geschichte zurück. – Hatte sie sich von dem Fluch befreit, gebüßt und überwunden, so war es doch auch jetzt noch ihre Pflicht, das jahrhundertelang um des Rufes Willen bewahrte Geheimnis zu bewahren und es nur in äußerster Not preiszugeben.

So war sie bebenden und doch frohen und starken Herzens weitergegangen und in die Nähe des Parkes gelangt.

Ihre alten Linden grüßten sie als Erste. Unverrückbar standen die Stämme, denen weder die Zeit, noch Wankelmut und Schlechtigkeit der Menschen etwas anzuhaben vermochten. Aber die schweren Zweige, die sich zum Gruße eben noch langsam senkten und wieder hoben, gerieten durch einen Windstoß, der durch die Kronen fegte, plötzlich in stürmische Bewegung. Wie langgezogene Klagetöne eines Rieseninstrumentes klang ihr Rauschen. Und dazwischen glitten langgezogene dünne Laute, die wie Töne von verstimmten Saiten schlecht gestrichener Bratschen klangen. Eine Schlacht in Tönen, die Natur und Mensch sich lieferten.

Schnell schritt Kornelia vorwärts bis zum Gittertor – sah an großen Tafeln feiernde Menschen, die entsetzt vor ihr zurückwichen, schritt näher, sah Johannes van Gudry neben einer Frau im Brautstaat, die ihr glich und dem Bilde, das im Schlosse verborgen war.

Sie suchte Zusammenhänge und fand sie nicht; begehrte ihr Recht und wurde verhöhnt; fühlte ein großes Unrecht und fand nicht Einen, der zu ihr stand. – Da wurde sie stumm und ging.

Als sie wieder am Gitter stand, schlürfte etwas über den Kies – folgte ihr.

»Sollte doch *einer*?«, dachte sie und wandte sich um. Und an ihr hoch sprang der Dackel, hoch und höher, überschlug sich und wimmerte vor Glück, bis sie ihn hochnahm, ihn an sich drückte und – nicht mehr allein war!

Sie ging dahin, wohin allein sie gehen konnte – zu Doktor Kargert, wo sie erfuhr, dass er zur Hochzeit seines Freundes van Gudry mit Kornelia auf Vestrum sei.

Da wusste Kornelia, dass sie für ihr Leben zu zittern hatte.

Dreiunddreißigstes Kapitel.

In der Nacht nach dem Fest schlossen sich Johannes, Brigitte und Peter Last im Turm in ein Zimmer ein, mit Wänden, die keine Ohren hatten, und berieten miteinander.

»Man durfte sie nicht entkommen lassen«, meinte Peter Last, und Johannes erwiderte: »Sollte ich mich vielleicht, der ich im Mittelpunkte stand, den jeder sah, auf sie stürzen und ihr die Kehle umdrehen? – Du konntest es tun, oder die Andern, die dabei standen, bewegen, dass sie es taten!«

»Sie standen ja alle wie betäubt! – Und fürs Erste muss man froh sein, dass es so ausging.«

»Kein Mensch glaubt Euch das, dass es ein Gespenst war!«, meinte Brigitte. »Wenn die Leute erst ausgeschlafen haben und nüchtern sind, dann werden sie darüber nachdenken und Verdacht schöpfen.«

»Nie durfte das geschehen!«, sagte Johannes.

»Du hättest es ja verhindern können«, schalt Brigitte. »Dass es Erlass vom Rest der Strafe gibt, weiß jedes Kind. Aber du denkst nur quer und das Nächstliegende vergisst du.«

»Deine Vorwürfe können jetzt nichts nützen. Denk lieber nach, was jetzt zu tun ist.«

»Aufhängen können wir uns!« erwiderte Brigitte.

»Es – sei – denn –«, meinte Peter Last und kniff die Augen zusammen – »wir hängen sie auf.«

»Damit ist uns nicht geholfen, wir müssten denn gleich alle Drei hängen«, erwiderte Johannes.

Peter Last verzog das Gesicht und meinte: »Das ist ein bisschen viel für Einen! – Da müsstet dann Ihr Euch schon mitbemühen.«

»Bleibt mir mit solchen Geschichten vom Hals!« wehrte Brigitte ab. »Am ersten Tage habe ich Euch gesagt, dass ich für so etwas nicht zu haben bin. Und Ihr habt mir versichert, es ginge auch so!«

»Das haben wir auch geglaubt«, erwiderte Johannes. »Wir konnten ja nicht voraussehen, dass es so kommt.«

»Wenn Ihr so blöd seid, dann hättet Ihr eben die Finger davon lassen müssen. – Da waren meine Freunde aus dem »Strammen Hund« doch andere Kerls! Da wurde *gehandelt* und nicht viel geredet. Weder vorher noch nachher. Das wurde bei ein paar Flaschen besprochen, und wenn's vorbei war, mit ein paar Flaschen heruntergespült. Aus war's!«

»Recht hat sie!«, erwiderte Peter Last. »Und wenn es nur um die Eine ginge ...«

»Es geht aber um Drei! Die jetzt, in dieser Nacht, genau, wie wir hier, bei Kargert zusammensitzen und beraten.«

»Du meinst ...?«

»Verlass dich drauf!«

»Wenn das stimmt, dann sind wir verloren«, sagte Brigitte, und Peter Last meinte:

»Ließen sich Kargert und die Amme nicht auf unsere Seite bringen?«

»Tausendmal eher bringen die dich auf ihre!«, erwiderte Johannes, bereute aber auch schon im selben Augenblick, es gesagt zu haben.

Peter Last dachte nicht daran, es übel zu nehmen. Er verzog das Gesicht und sagte: »Nee! Das wäre nur ein Gelegenheitsgeschäft. – Bei dir weiß ich, woran ich bin. Ich bin für feste Stellung.«

»Und sollst es, wenn es diesmal klappt, nicht bereuen«, erwiderte Johannes.

»Ich möchte wissen, wie das möglich wäre«, meinte Brigitte.

»Zunächst ist wichtig, dass wir ihnen zuvorkommen und Kornelia verhaften lassen.«

»Du willst sie verhaften lassen? Woraufhin?

»Weil sie die Frechheit besitzt, sich für Kornelia van Vestrum auszugeben, ohne es beweisen zu können. Wir hingegen haben sämtliche Papiere in Händen, den Geistlichen, den Standesbeamten auf unserer Seite, und werden mit Hilfe deren eidesstattlichen Versicherungen, denen sich unter meinem Zwang die gesamte Dienerschaft anschließen wird, mühelos ihre Festsetzung bewirken.«

Peter Last leuchtete das ein. Er griente. Aber Brigitte meinte:

»Diese Festsetzung wird keine vierundzwanzig Stunden dauern und aufgrund einer eidesstattlichen Versicherung der Amme und Kargerts aufgehoben werden.«

»Du hast recht«, bestätigte Johannes. »Es gibt nur eine Möglichkeit: Man muss die Amme gewinnen.«

»Dann gewinne doch lieber gleich Kornelia!«, erwiderte Brigitte. »Das ist dann noch eher möglich.«

»Du bringst mich da auf einen Gedanken!«, rief Johannes.

»Nämlich?«

»Ich sehe ein, dass wir gegen Kornelia und die Amme und Kargert als Zeugen nichts ausrichten werden. Sie triefen alle drei vor Redlichkeit, gegenüber denen unsre kunstvoll konstruierten Beweise ohne Wirkung bleiben werden.«

»Etwas spät kommst du dahinter!« warf Brigitte ein.

»So lass ihn doch zu Ende reden!«, sagte Peter Last.

Johannes war aufgestanden und ging, die Hände in den Taschen, im Zimmer umher. Er blinzelte, und um seinen breiten Mund zuckte es – wie immer, wenn er einen weittragenden Gedanken fasste.

Peter Last, der das wusste und ihn genau beobachtete, rückte näher an Brigitte heran und flüsterte ihr zu: »Pass auf, er schafft's!«

Sie zuckte ungläubig mit den Schultern.

Johannes stand jetzt breitbeinig vor ihnen, sah sie an und schmunzelte.

»Was für ein Kleid hatte Kornelia an?«, fragte er.

»Dasselbe, das sie trug, als sie von dir ging«, erwiderte Peter Last.

Der Mund des Johannes und sein Schmunzeln wurden noch breiter.

»Jetzt kommt das Frechste«, sagte er, »was ich mir in meinem an Kühnheiten gewiss nicht armen Leben bisher geleistet habe.«

Sie sahen gespannt zu ihm auf.

»Für mich besteht kein Zweifel, dass sich Kornelia bei Kargert aufhält. Ich kenne in seinem Haus jedes Loch, jeden Winkel. Wir müssen hin! Noch in dieser Nacht!«

»Wer?«, fragte Brigitte.

»Wir alle drei!«

»Um sie umzubringen?« – fragte Brigitte entsetzt.

»Du hast dich noch immer nicht daran gewöhnt«, erwiderte Johannes, »dass ich ein Gentleman und keiner deiner Genossen aus dem ›Strammen Hund‹ bin. Jeder Mord ist mehr oder weniger der Ausdruck dilettantischen Verbrechertums. Vollendete Künstlerschaft erreicht ihr Ziel ohne diesen äußersten und plumpen Notbehelf.«

»Sie soll leben bleiben?«, fragte Peter Last erstaunt. – »Ja, und weiter?«

Johannes sah Brigitte groß an und sagte: »Wir tauschen euch aus!«

Brigitte sperrte den Mund weit auf, und Peter Last, der sofort begriff, kniff verschmitzt die Augen zusammen.

»Wenn Kornelia morgen früh bei uns aufwacht«, fuhr Johannes fort, »liegt statt ihrer in Kargerts Villa Brigitte in ihrem Bett.«

Brigitte wiederholte sich den Satz und sagte: »Kornelia bei uns, das heißt also hier.«

»Ja!«, erwiderte Johannes, »wenn auch nicht grade in diesem Zimmer – es gibt im Schloss Räume, die tiefer und verborgener liegen.«

»Dann liegt Brigitte – das wäre demnach ich –«

»Vorausgesetzt, dass du dich nicht selbst verwechselst.«

»Ich also« – fuhr Brigitte fort – »läge in Kargerts Villa in Kornelias Bett. – Jetzt verstehe ich – ich soll anstelle Kornelias treten, sodass sie die dann bei Euch befindliche Kornelia für mich halten.«

»Stimmt!«, sagte Johannes, »du hast es erfasst!«

»Du, das ist der beste Gedanke, den du bisher gehabt hast!«, rief Peter Last.

»Das will ich nicht behaupten«, erwiderte Johannes. »Aber er ist gut. Nur die Ausführung ist nicht einfach.« – –

Vierunddreißigstes Kapitel.

Sie wurde es dadurch, dass Johannes nicht nur jede Hinterstiege im Hause Kargerts kannte, sondern schon vor seiner Flucht mit Kornelia ihm auf geschickteste Weise einen Wechsel in der Dienerschaft nahegelegt hatte.

Wenn der neue Portier und Kargerts persönlicher Diener dann rein zufällig, und ohne dass Kargert es ahnte, Personen wurden, auf die sich Johannes – um es milde auszudrücken – verlassen konnte, so war auch das ein Umstand, der ihm jetzt sehr zustattenkam.

Zunächst mal bestätigte es sich, dass Kornelia und die Amme bei Kargert waren. Bis in die Nacht hinein hatten die drei zusammen gesessen. Erst hatte Kornelia erzählt und die Amme geheult, dann war tatsächlich von einer richterlichen Verfügung die Rede gewesen. Der Diener hatte aus dem Bureau Aktenbogen und Stempel hereinbringen und noch nach Mitternacht eine telefonische Verbindung mit einem Beamten der Staatsanwaltschaft herstellen müssen.

Mithin war alles genau so, wie Johannes es vermutet hatte.

Nach ein Uhr erst hatten sie sich zur Ruhe begeben. Kornelia schlief vorn in einem für Fremde bestimmten Zimmer; nebenan auf einer Chaiselongue bei offener Tür schlief die Amme.

Ihr Schlaf war ebenso laut wie tief, sodass Johannes und Peter Last, die sich in der Halle der Kargertschen Villa mit dem Portier und Diener berieten, keine Gefahr darin erblickten, die Tür geöffnet zu lassen. Die Betäu-

bung der in unruhigem Schlaf liegenden Kornelia vollzog sich schnell. Sie hoben sie hoch – und in das warme
Bett schlüpfte Brigitte, nachdem sie sich im Flur das
Hemd und die Strümpfe Kornelias angelegt hatte, die
die in ihrer Erregung und Müdigkeit wohl vergessen
hatte, abzuziehen.

Nach kaum zwanzig Minuten saßen Johannes und Peter Last mit der noch immer betäubten Kornelia wieder
im Auto.

Der Portier und der Diener Kargerts zählten, ehe sie
sich wieder zur Ruhe begaben, einen Stoß Banknoten,
den ihnen Johannes zugesteckt hatte.

Irgendwo eingeschlossen kläffte der Dackel. Die Amme
erwachte, richtete sich hoch und rief ins Nebenzimmer:
»Schläfst du, Kornelia?«

Als Antwort kam Brigittes schwerer Atem.

»Gott sei Dank!«, dachte die Amme, lächelte, legte sich
wieder um und schlief weiter.

Als Johannes und Peter Last mit der noch immer bewusstlosen Kornelia im Auto saßen, sagte Johannes und
wies auf Kornelia:

»Sie ist viel schöner als Brigitte.«

»Ich sehe keinen Unterschied«, erwiderte Last, und Johannes sagte, den Blick immer auf Kornelia gerichtet:
»Er liegt im Geistigen!«

»Du liebst sie!« platzte Peter Last heraus.

Johannes erschrak, sah ihn an und fragte: »Wie kommst du darauf?«

»Ich merke es – und dann: Du würdest sonst anders mit ihr verfahren.«

Johannes stöhnte und sagte: »Es ist möglich, dass du recht hast.«

Dann ergriff er Kornelias Hände und küsste sie leidenschaftlich.

»Das taugt nichts«, meinte Peter Last. »Das kostet uns schließlich noch den Kragen. – Ich bringe sie um.«

Er zog eine Waffe hervor und wollte sich auf Kornelia stürzen. Ein Faustschlag ins Gesicht war Johannes' Antwort.

Halb betäubt sank Peter Last in den Wagen zurück. Ein zweiter, heftigerer Schlag des wütenden Johannes betäubte ihn ganz.

Als Peter Last regungslos in der Wagenecke lag, schlang Johannes seine Arme um Kornelia, riss sie an sich und küsste sie auf den Mund.

»Alles könnte gut sein, wenn du wolltest«, stammelte er der Bewusstlosen ins Ohr, erschrak gleich darauf vor sich selbst, richtete sich auf, sagte sich: »Nur jetzt nicht schwach werden!«, und legte Kornelia wieder auf ihren Platz.

Dann erst mühte er sich um Peter Last, der die Augen aufschlug, ein geschwollenes Gesicht hatte und fragte: »Was war?«

Johannes schüttelte ihn und sagte: »Es ist Zeit, dass du zu dir kommst! Und das merk' dir: Krümmt jemand der

Kornelia auch nur ein Haar, dann glaubst du dran, mein Junge!«

»Was soll mit ihr geschehen?«, fragte Last.

»Zunächst muss sie natürlich verschwinden – wenn auch nur auf kurze Zeit. – Alles Andere wird sich finden. Es darf vorläufig nur eine Kornelia geben!«

»Und wohin soll sie verschwinden?«

»Sie ist nirgends sicherer als im Schloss!«

»Und wenn man sie da findet?«

»Zunächst einmal ist das ganz ausgeschlossen. Man müsste denn zufällig in einer alten Chronik den Wegweiser durch die geheimen Gänge des Schlosses finden, die ich bei meinem monatelangen Suchen nach dem Gemälde von Frans Hals nur durch einen Zufall entdeckt habe.«

In diesem Augenblick schlug Kornelia die Augen auf, beugte sich vor und sagte – wohl noch ohne zu ahnen, wo sie sich befand – ganz ängstlich: »Frans Hals? Wer hat es gefunden?«

Johannes wandte sich blitzschnell zu Kornelia um, nahm ihre Hände und fragte: »Wo ist es?«

Kornelia, die ihr volles Bewusstsein noch nicht wiedererlangt hatte, schüttelte den Kopf und sagte: »Nein! – Ich fürchte mich nicht!«

»Wo das Bild hängt?« wiederholte Johannes und beugte sich über sie.

Kornelia richtete sich auf, sah sich um, fuhr sich mit der Hand über die Stirn und sagte – mehr zu sich: »Wie ist das möglich?«

»Werden Sie nun endlich einsehen, dass ich der stärkere bin?«, fragte Johannes. »Sie haben zum letzten Male die Wahl, als Herrin auf Vestrum mit mir zu leben oder auf Gnade und Ungnade mir ausgeliefert zu sein.«

»Ich sehen darin keinen Unterschied. Eins ist wie das Andere.«

»Kornelia!«, rief er beinahe bettelnd, »so nehmen Sie endlich Vernunft an! Ich bin in einer Situation, in der ich mir selbst helfen muss – mit Ihnen oder gegen Sie – das hängt ganz von Ihnen ab.«

»Mit mir nie!«, erwiderte sie und war sich noch immer nicht klar, wie sie in dies Auto und unter diese Menschen kam.

Man hatte ihr schnell das Kleid Brigittes übergeworfen, das – wie alles, was Brigitte auf Vestrum trug – genau nach einem Kleide Kornelias gefertigt war.

»Wie komme ich in dies Kleid?«, fragte sie entsetzt. »Wie komme ich überhaupt hierher?«

»Sie waren so leichtsinnig, bei Dr. Kargert Zuflucht zu suchen. Da mir dort für Ihre Sicherheit aber nicht genügend gesorgt zu sein schien, so habe ich mir erlaubt, Sie wieder unter meinen Schutz zu nehmen.«

Das Auto hielt.

»Sie haben die Freundlichkeit, sich ganz ruhig zu verhalten«, sagte Johannes und half ihr aus dem Wagen.

Sie benutzten irgendeinen verborgenen Gang, führten Kornelia, die kaum die Füße setzte und die sie daher mehr trugen, als dass sie ging, ins Schloss und stießen bei ihr auch nicht auf Widerstand, als sie ihr als Aufenthaltsort ein Gewölbe anboten, das mehr den Schilderungen eines Abenteurerromans glich als der Wirklichkeit.

Die Zusicherung des Johannes, für ihre Bequemlichkeit alles Erdenkliche zu tun, berührte sie gar nicht. Sie blieb kalt und teilnahmslos und gab, als er, ehe er von ihr ging, nochmals den Versuch machte, sie umzustimmen, auf keine seiner Fragen mehr eine Antwort.

Es klang dumm und war es durchaus nicht, als Peter Last draußen auf dem Gange zu Johannes sagte: »Die Frau versteht es.«

»Was?«, fragte Johannes barsch.

»Dich toll zu machen!«

Johannes biss die Lippen aufeinander und schwieg.

Fünfunddreißigstes Kapitel.

Doktor Kargert hatte in dieser Nacht kein Auge geschlossen. Unter den mannigfachen Gefühlen, die ihn hinsichtlich Kornelias bewegten, war das weitaus stärkste, das alles Andere beiseite drängte, das Glücksempfinden, sie wieder zu haben. Denn er hatte nie aufgehört, das Bild, das er von ihr im Herzen trug, zu lieben.

Aber dabei hatte er doch noch in dieser Nacht alle Schritte getan, die den Frevel des Herrn van Gudry aufdecken und Kornelia wieder in den Besitz ihres Schlosses bringen sollten.

Mit dem zuständigen Beamten war telefonisch vereinbart worden, dass er mit Cornelia und der Amme in aller Frühe des nächsten Tages auf das Gericht kam. Dort würde man aufgrund eidesstattlicher Versicherungen, die Doktor Kargert und die Amme abgaben, ein Zeugnis über die Identität Kornelias mit der Schlossherrin ausstellen und der Heimkehrenden gleichzeitig ein paar Beamte mitgeben, die mit einem Haftbefehl für Johannes van Gudry und der falschen Kornelia versehen waren. Damit, so hoffte Kargert, hatte diese Tragödie ihr Ende erreicht und seiner Vereinigung mit Kornelia stand nichts mehr im Wege.

Schon gegen sieben Uhr ließ Kargert die Amme wecken und besprach noch einmal alles genau mit ihr. Die Ereignisse, die hinter ihnen lagen, waren so stark und so ungewöhnlich, dass die Amme, deren Leben bisher ohne Erschütterungen in vollkommener Ruhe auf dem Schlosse hingegangen war, nicht mehr recht folgen konnte, die Zusammenhänge verlor, sich mit Selbstvorwürfen quälte und sich eines unsicheren Gefühls nicht erwehren konnte.

»Wecken sie Kornelia so spät wie möglich!«, sagte Kargert zu ihr. »Es ist gewiss ihre erste ruhige Nacht seit langer Zeit.«

Die Amme öffnete leise die Tür zu Kornelias Zimmer. Sie lag scheinbar in tiefem Schlaf und atmete schwer.

»Sehen Sie nur, Doktor, wie tief sie schläft.«

Der betrachtete sie liebevoll und sagte leise: »Gott sei Dank, dass wir sie wieder haben. – Und wie erholt sie aussieht gegen gestern!«

Man brachte Brigitte das Frühstück ans Bett. Sie tat erschöpft, zog sich hastig an und band sich einen schwarzen Schleier um, den sie sich nicht zufällig mitgenommen hatte. Als sie bald darauf mit Kargert und der Amme im Wagen saß, drückte sie, statt zu reden, dankbar und bewegt abwechselnd beiden die Hände.

Kargert saß in Gedanken und träumte von seinem Glück. Die Amme trocknete Tränen und sagte immer wieder: »Nie werde ich mir das verzeihen.«

Obgleich Brigitte peinlich jedes überflüssige Wort vermied, konnte sie sich doch nicht enthalten, zu fragen: »Was denn?« worauf die Amme sie ansah und erwiderte:

»Dass ich auch nur einen Augenblick lang an diese falsche Kornelia glauben konnte! – Jetzt, wo ich dich wieder habe, glaube ich, ich war die ganze Zeit über mit Blindheit geschlagen!«

Da Brigitte nicht wusste, was am Abend vorher über sie gesprochen worden war, so vermied sie es, weiter zu fragen, obschon sie gern mehr über den Eindruck erfahren hätte, den sie als Kornelia und Schlossherrin gemacht hatte.

Es war eben neun Uhr, als sie bei dem Gericht vorfuhren. Doktor Kargert gab einem Gerichtsdiener seine Karte und wurde sofort vorgelassen; mit ihm Brigitte und die Amme.

Der Herr, der sie empfing und mit dem sich Kargert in der Nacht telefonisch verständigt hatte, war ein höherer Beamter, der gerade in lebhaftem Gespräch mit zwei anderen Herren stand. Er hielt ein Schriftstück in der Hand und wies, während er sprach, darauf hin.

Als Kargert, Brigitte und die Amme eintraten, wandte er sich um und sagte: »Aha! Da sind Sie ja!«, und forderte sie auf, näherzutreten. Dann sagte er, ohne sich oder die beiden Herren vorzustellen:

»Bitte, setzen Sie sich!«

»Ich muss noch um Verzeihung bitten«, begann Kargert, dass ich Sie mitten in der Nacht mit der Angelegenheit beschwert habe. Bei der Geschäftigkeit und Gemeingefährlichkeit des Herrn van Gudry musste ich aber damit rechnen, dass er Mittel und Wege findet, uns zuvor zu kommen.«

»Die hat er bereits – nun sagen wir mal: versucht,« erwiderte der Herr, », und zwar unmittelbar nach Ihnen.«

Kargert fuhr zurück, auch Brigitte und die Amme erschraken. Brigitte sagte sogar ganz laut: »Unglaublich!«

Alle drei Herren sahen sie an, und einer von ihnen, der gleichfalls ein Schriftstück in der Hand hielt, sagte: »Sogar persönlich.«

»Mitten in der Nacht?«, fragte Kargert.

»Etwa um drei Uhr. Und zwar hat er mündlich, und auf meine Veranlassung sodann schriftlich, zu Protokoll gegeben – aber vielleicht lesen Sie selbst!« – dabei nahm er vom Tisch ein Schriftstück auf und reichte er Kargert. Der las:

An die Staatsanwaltschaft

richte ich das Ersuchen, auf eine Frauensperson zu fahnden, die unter der Angabe, Schlossherrin Kornelia van Vestrum zu sein, seit Wochen in der Stadt Betrügereien großen Stils verübt. Die Hochstaplerin, deren sofortige Verhaftung Sie bitte bewirken wollen, hat eine auffallende Ähnlichkeit mit meiner Frau, der Schlossherrin Kornelia van Gudry auf Vestrum, wodurch es sich auch erklärt, dass es ihr zu wiederholten Malen gelungen ist, selbst Leute zu täuschen, die meine Frau genau kennen. Damit Gutgläubige nicht fernerhin ausgebeutet werden, liegt es im öffentlichen Interesse, der Schwindlerin so bald wie möglich habhaft zu werden und sie unschädlich zu machen.

Johannes van Gudry auf Vestrum.

»Das ist die Höhe!«, rief Doktor Kargert, und die Amme schlug auf den Tisch und sagte: »Den Mann muss man köpfen!«

Aber der lange Herr am Tisch mit dem Schriftstück in der Hand verlor die Ruhe nicht und sagte:

»In Begleitung des Herrn van Gudry befand sich der mir persönlich bekannte Geistliche, sowie der mit standesbeamtlichen Befugnissen ausgestattete Rektor des Dorfes Vestrum, die eidesstattliche Erklärungen – hier liegen sie! – abgaben und versicherten, dass die auf Schloss Vestrum befindliche Schlossherrin Cornelia die echte sei.«

»Das ist ja Wahnsinn!«, rief Kargert, und die Amme zitterte und hielt sich am Tisch fest.

»Ich möchte daher zu erwägen geben,« wandte sich der Herr an Doktor Kargert, »ob Sie auf die in Aussicht gestellten eidlichen Versicherungen, nach denen die in ihrer Begleitung befindliche Dame die echte Kornelia ist, nach diesen Eröffnungen nicht lieber verzichten wollen.«

»I Gott bewahre!«, rief Kargert und sprang auf. »Das ist der tollste und frechste Bluff, der mir je vorgekommen ist!«

Brigitten drehte sich alles im Kopf herum. – was Johannes da in Szene setzte, schien sinnlos und gegen sich selbst gerichtet. Aber sie hatte zu viel Respekt vor seinem Geist, als dass sie nicht willig und ohne viel über die damit verfolgte Absicht nachzudenken, seiner Anregung folgte.

»Ich, der Advokat, Doktor Robert Kargert, lege meine Hand dafür ins Feuer, dass diese Frau da« – und dabei wies er auf Brigitte – »Kornelia van Vestrum ist.«

Jetzt sprang auch die Amme auf, erhob die rechte Hand und sagte: »Und ich schwöre, dass ich diese Frau da dreizehn Monate lang an diesen meinen Brüsten« – und dabei schlug sie mit der freien Hand erst auf ihre linke, dann auf ihre rechte Brust – »genährt und einunddreißig Jahre lang wie eine Mutter betreut habe!«

Da wurden die drei Herren stutzig und sahen auf, und der in der Mitte trat vor, dicht an Brigitte heran und sagte: »Nun, was sagen Sie dazu?«

Und Brigitte, in deren Hand nun die Entscheidung lag und die in diesem Augenblick nur daran dachte: »Was mag Johannes Absicht sein?«, folgte dem weiblichen Instinkt, der selten trügt, begann am ganzen Körper zu zittern und sagte zögernd: »Ich bin nicht Kornelia! Aber ich bin unschuldig und handle unter dem Zwang des Mannes, der Kornelia entführt und in eine Anstalt gesperrt hat! – Ich bringe mich um!«

Die letzten Worte schrie sie den völlig verblüfften ins Gesicht und stürzte hinaus.

Eine Zeit lang standen sie starr, sahen ihr nach, sprachen kein Wort. Dann wandte sich der lange Herr am Tisch an Kargert und sagte: »Mit scheint doch, dass Sie da einer Schwindlerin ins Garn gegangen sind.«

Kargert war völlig verzweifelt, der Glaube an seine eigne Urteilskraft war erschüttert.

»Ich muss gestehen,« brachte er mühsam hervor – »dass ich mich nach diesem Irrtum nicht mehr für fähig und für berechtigt halte, als Advokat zu fungieren.«

Die drei Herren lächelten.

Kargert, der ganz gebrochen war, wankte hinaus.

»Haben Sie noch etwas zu dem Fall vorzubringen?«, fragte einer der Herren die Amme.

Die nickte, war aber zu erregt, um etwas zu sagen. Sie trat an den Tisch heran, nahm dem mittelsten der Herren erst den Bleistift, dann die Eingabe aus der Hand und schrieb darauf: »Ich finde mich aus der Geschichte nicht mehr heraus und versichere an Eidesstatt, dass ich nie mehr als Amme gehen werde.«

Dann ging auch sie zur Tür. – Die drei Herren schüttelten die Köpfe und sahen ihr lächelnd nach. Einer van ihnen sagte: »Dafür, dass sie gegen diese eidesstattliche Versicherung nicht verstößt, lege ich meine Hand ins Feuer.«

Brigitte war vom Gericht aus auf schnellstem Wege nach Schloss Vestrum geeilt, wo Johannes sie bereits ungeduldig erwartete.

»Hab' ich's richtig gemacht?«, fragte sie außer Atem ängstlich und erregt.

»Erzähle!« drängte er ungeduldig, und als sie berichtet hatte, klatschte er in die Hände und rief: »Bravo! Bravissimo!«

»Wieso?«, fragte sie, die nur dem Instinkt gefolgt war.

»Hättest du dich vor Gericht als Kornelia bekannt, so wäre zunächst mal ich verhaftet worden und erledigt gewesen.«

Brigitte nickte.

»Das Wesentliche aber ist, dass Kargert und die Amme von nun an so viel echte Kornelias vor Gericht schleppen können, wie sie wollen – kein Richter wird sie mehr für ernst nehmen oder auch nur anhören.«

»Mit einem Worte, wir haben endlich unsere Ruhe«, rief Brigitte und fiel Johannes um den Hals.

Sechsunddreißigstes Kapitel.

Noch am Abend desselben Tages kam der Diener Doktor Kargerts und überbrachte Johannes im Auftrage seines Herrn: a) den zurückgebliebenen Dackel, der völlig apathisch war; b) einen Brief Kargerts; c) einen Brief der Amme.

»Alle drei überflüssig«, meinte Johannes, »wir täten am besten, die Briefe ungelesen in den Kamin zu werfen; und den Hund hinterher!«

»Aber nein«, widersprach der Diener. »Ich soll ja Bescheid bringen.«

»Kehret nie zurück! Denn alles vergeben!« gab Johannes übermütig als Antwort. »Bestell' ihnen das!«

Auf Brigittes Drängen öffnete er dann doch.

Kargert schrieb:

Beschämt bekenne ich meinen Irrtum, in dem für Sie und Kornelia schwerste, nie gut zu machende Kränkung liegt.

»Bravo!«, rief Johannes, »so gefällst du mir!«

Dann las er weiter:

Nur die Gewissheit, dass ich Zeit meines Lebens an diesem Irrtum tragen werde, lässt mich hoffen, dass Ihr mit der Zeit milder über mich urteilen werdet.

Kargert.

»Angenehm und erstaunlich kurz«, meinte Johannes. »Ich muss gestehen, dieser Kargert fängt an, mir sympathisch zu werden.«

Umso ausführlicher schrieb die Amme. Sie begann mit dem Tage von Kornelias Geburt und machte aus jedem noch so belanglosen Vorgang während der inzwischen verflossenen einunddreißig Jahre ein Ereignis.

Johannes las nur Anfang und Schluss. Am Ende hieß es: ihr Leben bestände von nun ab nur noch in Erinnerungen, und wenn sie sich notgedrungen damit auch abfände, so bliebe das Entsetzliche bestehen, dass sie sich auch jetzt noch nicht klar darüber sei, an welche der beiden Kornelias sie bei ihren Erinnerungen denken solle, sie fühle schon jetzt, dass sie darüber wohl bald den

Verstand verlieren werden, und zöge es daher vor, freiwillig aus dem Leben zu gehen.

»Auch ganz günstig diese Aussicht!«, meinte Johannes.
»Ich kann nun in aller Ruhe an die Verwirklichung meiner Pläne gehen.«

Siebenunddreißigstes Kapitel.

Und nun beginnt eigentlich erst die Geschichte, die Johannes in seiner Chronik niedergelegt hat und die nach
seiner letzten Aufzeichnung erst hundert Jahre nach seinem Tode veröffentlicht werden darf.

Da seit den hier geschilderten Vorgängen aber erst
neunundneunzig Jahre verstrichen sind, so muss der
Schreiber dieser Erzählung sich noch ein Jahr lang Zu-
rückhaltung auferlegen. Nur so viel sei heute schon verraten, dass es Johannes gelang, Schloss Vestrum zur
Wallfahrtsstätte der Begüterten dieser Welt zu machen.
Und wer ihm gegenüber nicht nur im Geiste, sondern
auch in der Tat nach dem Spruch verfuhr:

»Nichts nimmt der Mensch mit ins Grab
Und von all' seiner Herrlichkeit folget ihm nichts«

– dem erschloss sich »Das Wunder von Vestrum,« über
das die Chronik auf zweihundert eng beschriebenen Seiten berichtet, bis sie eines Morgens durch folgenden
Vorgang einen gewaltsamen Abschluss fand: Man entdeckte das Skelett eines Hundes, das der alte Diener an
der Verkrümmung einer der Pfoten als das Skelett des
Kornelia treu ergebenen Dackels erkannte.

Deutlich erkennbare Spuren verrieten, dass das Tier in vielleicht wochenlangem Ringen versucht hatte, sich eine Bahn durch die Mauer eines der Türme zu erzwingen, sein Bemühen mehrfach aufgegeben und an benachbarten Stellen immer wieder von Neuem begonnen hatte, bis es eines Tages erschöpft zusammengebrochen und, ohne noch die Kraft zur Umkehr zu finden, verreckt war.

Der alte Diener, der des Dackels einziger Freund gewesen war, ihn genau kannte und wusste, dass er nichts ohne Überlegung tat, erzählte einigen Angestellten, auf die Verlass war, den Vorfall und beriet mit ihnen, was angesichts dieses mysteriösen Vorganges zu geschehen habe.

Man beschloss, die Entdeckung streng geheim zu halten und – wie der alte Diener sich ausdrückte – »die von dem Toten verfolgte Spur weiter zu erforschen.« – Er hatte das Gefühl, dass er seines toten Freundes deutlich erkennbaren letzten Willen damit erfüllte.

Sie arbeiteten unter größter Vorsicht nur des Nachts, drangen langsam vor und verdeckten an jedem Morgen die Spuren, die sie hätten verraten können.

Gegen Morgen der fünften Nacht hatten sie die vierzig Zentimeter dicke Wand durchbrochen. Sie standen in einer engen, von Weihrauch erfüllten Kapelle mit einem kleinen Altar, neben dem drei Meter hoch ein schwarzes Kruzifix emporwuchs. An dem Kreuze hing ein kleiner Teufel aus Elfenbein, der sich an das Holz festklammerte, den Bänken den Hintern kehrte und, grienend, mit dem Zeigefinger auf eine Stelle an der Wand wies.

Der alte Diener trat langsam und beklommen mit seinen Leuten in die Kapelle, fuhr vor dem Kruzifix zurück, bekreuzigte sich, folgte der Spur, die der elfenbeinerne Teufel wies und entdeckte an der Wand einen Riegel, den er vorsichtig zurückschob.

Die Wand teilte sich und schob sich nach rechts und links etwa einen Meter breit zur Seite. Es erschien eine nicht ganz senkrechte, von unten belichtete Spiegelwand, in der sich eine, in der Tiefe endlose, Fläche zu spiegeln schien.

Sie standen und starrten hinein. Nichts rührte sich.

»Was liegt über der Kapelle?«, fragte einer im Flüstertone den Alten.

Der dachte nach und erwiderte: »Das kleine Kabinett des Herrn van Gudry.«

»Das bei Tage und bei Nacht niemand betreten darf,« ergänzte ein Anderer.

»Sicher steht's mit der Kapelle in Verbindung.«

»Ich habe es immer gesagt, er steht mit dem Teufel im Bunde.«

Oben in der Wand knisterte die Tapete.

»Hört!«, sagte der Alte und hatte, ehe er sich mit den Anderen in Sicherheit brachte, noch die Geistesgegenwart, den Riegel zurückzuschieben. Die Wand schloss sich daraufhin automatisch.

Aus der Tapete trat in schwarzweißem Kimono Johannes van Gudry. – Es schien, dass er an der Tapete hing oder klebte. Jedenfalls bekam man den Eindruck, dass er keinen Boden unter den Füßen hatte.

»Unser Herr!«, flüsterte der Alte; und ein anderer hauchte: »Er schwebt!«

»Er ist der Teufel selbst!«, sagte der Dritte, aber der Alte schalt: »Unsinn! – Es wird sich ja zeigen.«

Man konnte nur durch die Bewegung und die Art, in der er die Füße setzte, erkennen oder vermuten, dass er eine schmale, geländerlose Treppe hinabstieg. In der Hand trug er eine Art Fackel, die sein Gesicht hell erleuchtete.

Als er unten in der Kapelle angelangt war, trat er an den Altar, schob den Riegel zurück und rief, als die Wand sich wieder geteilt hatte, in der Richtung des Spiegels gedämpft und mit vorgehaltenen Händen: »He! Kornelia!«

Der Alte griff entsetzt nach dem Arm eines seiner Begleiter.

Da rief Johannes auch schon zum zweiten Male, und diesmal lauter: » *Kornelia!*«

In dem Spiegel erschien in langem weißen Gewände die Gestalt Kornelias.

Der alte Diener sank in die Knie.

»Was war?«, fragte Johannes.

Die Gestalt Kornelias im Spiegel stand regungslos mit weitgeöffneten Augen und sagte nichts.

»Haben Sie nichts gehört?«, fragte er barsch. »War hier nicht Lärm?«

Die Gestalt schüttelte den Kopf. Johannes trat in die Öffnung, löschte die Fackel. Er machte eine Bewegung mit dem Fuß, als wenn er absichtlich auf etwas träte, und glitt mit dem Teil der Fläche, auf der er stand, in die Tiefe.

Leise und vorsichtig krochen der Alte und seine Begleiter aus dem Versteck hervor, schlichen behutsam in die Nähe des Altars und vernahmen deutlich unten Kornelias und Johannes Stimmen.

»Sie sind wahnsinnig!«, sagte Kornelia. Vermutlich suchte Johannes auf die Laute hin, die der Alte und seine Begleiter verursacht hatten, den unteren Raum ab. »Es ist nichts als Ihr schlechtes Gewissen, dass Sie nicht schlafen und sie hören lässt, wo nichts ist.«

»Ich wiederhole Ihnen: jeder Versuch zu entkommen – mag er von Ihnen ausgehen oder von Dritten – kostet Sie das Leben.«

»Das würde mich nicht schrecken«, erwiderte Kornelia – »würde mich eher reizen. Aber es gibt ja keine Möglichkeit.«

Johannes sagte laut: »Kornelia Sie sind jetzt seit elf Monaten auf Gnade und Ungnade in meiner Hand. Ich bin Ihnen bis heute nicht zu nahe getreten. – Gewiss! Ich habe Sie für meine Zwecke ausgenutzt, Sie vor meinen Wagen gespannt, in dem ich die Dummen dieser Erde spazieren fahre und ausraube. Aber Sie werden zugeben, dass ich Sie zum Mindesten nicht überanstrengt habe. Sie brauchten nicht einmal den Mund aufzutun, allein Ihr Erscheinen ist den Menschen Offenbarung.«

»Teufelskünste! Die ich nicht länger ertrage!«, erwiderte Kornelia. »Und wenn mir keine andere Möglichkeit bleibt, ein Ende zu machen, als mit dem Kopf gegen die Mauer zu rennen ...«

»Gut, Kornelia, dass Sie mich warnen. Ich werde noch morgen dafür sorgen, dass man die Wände auspolstert. Und Peter Last wird Ihnen inzwischen Gesellschaft leisten.«

»Und wie lange soll die Qual noch dauern?«

»Bis Sie Vernunft annehmen, die Meine werden, und mir verraten, wo ich das verborgene Bild von Frans Hals finde.«

»Wenn ich es täte, was würde dann mit – der Anderen werden.«

»Brigitte«, erwiderte Johannes, »würde in derselben Stunde, in der Sie sich entscheiden, an Ihre Stelle treten.«

»Als Dank ...?«

»Wofür? Dass ich sie aus der Kaschemme befreit habe? Sie hat Zeiten durch mich gehabt, wie sie sie nie erlebt hätte. – Und wenn sie hier an Ihre Stelle träte, wäre sie noch immer tausendmal besser aufgehoben als bei ihrem Gesindel.«

»Sie würden also auch an meiner Seite dies Leben weiterführen?«, fragte Kornelia.

»Ja, so hören Sie doch endlich auf, mich nach den bürgerlichen Gesetzen zu beurteilen!«, bat Johannes. »Erkennen Sie meine Leistungen an! Ich werde, wenn ich dies Leben noch zehn Jahre fortführe, als der genialste Raubritter aller Zeiten in die Geschichte übergehen! – Wenn einer Ihrer oder meiner Ahnen aufstünde, glauben Sie, er würde mich verurteilen? – Warum sollen mir Gesetze, die ein Kleinbürgertum aus Angst und in Notwehr schuf, mehr gelten als das Urteil meiner Väter? –

Bin ich verantwortlich für das Blut, das in mir fließt? Wäre es anders, würde ich am Kamin sitzen und Verse machen! – Dass ich es nicht kann, wollen Sie mich darum verdammen und verachten?«

»Ich werfe mich nicht als Richter auf. Weder über Sie noch über irgendjemand. Aber wie, Herr van Gudry, würden sich Ihre Ahnen, auf die Sie doch so große Rücksicht nehmen, zu Ihrer Ehe mit dieser Brigitte stellen?«

»Das ist es ja!«, erwiderte Johannes klagend, »was allein mich beunruhigt! Sie allein könnten es ändern!«

»Ich reiche meine Hand nicht dazu, dass eine Andere meinetwegen leidet. Lassen Sie es so, wie Sie es gerichtet haben. Alles nimmt einmal ein Ende. Ich habe längst Verzicht geleistet.«

»Wie Sie wollen!«, erwiderte Johannes. »Ich zwinge Sie nicht! Jeder macht sich sein Leben selbst.«

Man hörte wieder seine Schritte.

Viel zu stark beeindruckt von dem Erlebten, um folgerichtig zu denken und einen Entschluss zu fassen, zogen sich der Alte und die Andern mit Schweißtropfen auf der Stirn und angehaltenem Atem in ihr Versteck zurück.

Johannes ging, wie er gekommen war.

Und der Alte und seine Leute trieb es, ohne dass sie sich auch nur durch Blicke verständigten, aus der Kapelle hinaus ins Freie, wo sie zunächst einmal stehen blieben, und tief Luft schöpften.

Dann aber, als sie ein paar Schritte weit gegangen waren, sagte der Alte: »Das ist schlimmer als Mord.«

Und den Anderen, die es nicht recht verstanden, erklärte er die Zusammenhänge.

Sie gingen ins Dorf und berieten sich mit dem Geistlichen, der dem Treiben auf Schloss Vestrum schon lange mit Misstrauen gegenüberstand. Die Frömmigkeit, die das Paar öffentlich zur Schau trug und lärmend in alle Welt schrie, passte so gar nicht zu den lauten Festen, die es feierte, und dem verschwenderischen Aufwand, den es trieb. –

Man wartete den nächsten Wallfahrts-Tag ab, an dem wie immer die Fremden erst reich bewirtet und dann in die große Bibliothek geführt wurden.

Hier fand regelmäßig eine Andacht statt, die den Zweck hatte, mit Hilfe von spiritistischen und metaphysischen Mätzchen, die Teilnehmer für den nachfolgenden Gottesdienst in der Kapelle in die nötige Stimmung zu versetzen.

Dort vollzog sich dann das Wunder, indem Kornelia der in höchstem Sinnestaumel befangenen Gemeinde plötzlich im Spiegel, der infolge seiner Lage sonst keines Menschen Bild widerspiegelte, erschien, während Brigitte im Kreise der Gläubigen laut betend in die Knie fiel und der Heiligen erst die Arme entgegenstreckte, dann aber sämtlichen Schmuck, den sie an sich trug, zuwarf – ein Beispiel, dem auf dem Wege einfachster Hypnose alle anderen folgten.

Diesmal aber sollte es so weit nicht kommen. – Sie saßen sämtlich noch in der Bibliothek. Johannes hatte seine

Rede halb erst beendet, – Brigitte gähnte heimlich – da erhob sich der Geistliche, der zu Johannes' Genugtuung zum ersten Male den Gottesdienste beiwohnte.

»Liebe Gemeinde«, begann er, »es soll Ihnen heute bequemer gemacht werden. Die Heilige hat sich, statt Sie sich zu ihr begeben, selbst bemüht.« – Er wies auf die Tür, durch die eben Kornelia trat: »Da ist sie!«

Johannes wollte sich auf Kornelia oder, – es war nicht recht zu unterscheiden – auf den Geistlichen stürzen. Im selben Augenblick fielen ihm drei Männer in die Arme, die beim Eintritt Kornelias noch abseits gestanden hatten, jetzt aber schnell an ihn herangetreten waren.

Er wehrte sich wie verzweifelt, und da es ihm nicht gelang, sich zu befreien, so schrie er, zum ersten Male in seinem Leben unbeherrscht und nicht Herr der Situation: »Es ist weder die Heilige noch ist es Kornelia!«

»Warum erregen Sie sich dann?«, fragte der Geistliche, »wenn es weder die Eine noch die Andere ist. So führen Sie doch die Heilige vor!«

»Ich bin Kornelia van Vestrum,« erklärte Kornelia, die jetzt in der Mitte der Bibliothek stand, mit fester Stimme: »Ich werde hier gefangen gehalten und für Zwecke religiösen Wahnsinns missbraucht.«

»Lächerlich!«, rief Brigitte, und Johannes infolge dieses Rufs beherrschter, forderte laut: »Das soll sie erst einmal beweisen, dass sie Kornelia ist!«

Kornelia riss die Taille auf, und zeigte ihr Muttermal auf der linken Schulter. Da lachte Johannes laut und rief Brigitte zu: »Ist das alles? Tritt vor Kornelia und zeig, dass deins echt ist!«

Brigitte, die leichenblass war, trat neben Kornelia und wies auf ihre linke Schulter. Staunend sahen alle dasselbe Mal an derselben Stele.

Die vielen Menschen, die aus ganz anderen Gründen gekommen waren, wurden unruhig. Zwar ahnte der Eine und Andere schon einen Betrug, aber sie fassten nicht die Zusammenhänge und wollten wissen, was vorging.

Da nahm Kornelia aus einem der Regale eine alte Chronik, schlug sie auf und las mit erhobener Stimme:

»Im Jahre 1628 hat nach einer alten Chronik der Gilde der Tucharbeiter in Haarlem ein durchreisender Fremder bei dem Maler Frans Hals, dem Sohn des Tuchmachers Frans Hals, das Porträt einer gewöhnlichen Zigeunerin, die er in einer Vorstadt Haarlems aufgefunden hatte, bestellt. Der Maler malte das lachende junge Mädchen, ohne ihr ein schönes Kleid anzuziehen in den Lumpen, wie der fremde Durchreisende sie zum ersten Mal gesehen hat.

Der Fremde hatte die verlumpten Kleider mitgebracht und das Mädchen, das herrlich gekleidet war, veranlasst, ihre schönen Kleider auszuziehen und die verlumpten Zigeunerkleider wieder anzuziehen. Der Fremde verließ bald mit seinem Mädchen die Stadt, unter Mitnahme des wohlgelungenen großen Bildes. Der Fremde war unser Vorfahr Dirk Pieters van Vestrum. Das Mädchen hieß Kornelia Druyvesteyn. Alle Nachforschungen nach dem Verbleib dieses Bildes sind erfolglos geblieben, das Bild ist in unserer Ahnengalerie nicht vorhanden und damit ist die alte Erzählung hinfällig, dass unser Vorfahr Dirk Pieters van Vestrum das Zigeunermädchen geheiratet hat, und dass wir in unserer Ahnenreihe den Fleck hätten, eine Zigeunerin aufgenommen zu haben. Im Schloss von Vestrum hängt das Bild der rechtmäßigen Gemahlin des Dirk Pieters van Vestrum, genannt Brehtje van der Eeem. Dieses Bild ist aber nicht von Frans Hals gemalt, sondern von einem unbekannten späteren Maler aus Cöln.«

Alle horchten gespannt auf, da sie außer Johannes, der noch immer gewaltsam gehalten wurde, nicht wussten, worauf sie hinauswollte.

»Das Bild ist da!«, rief Kornelia. »wir haben es über zweihundert Jahre lang verborgen gehalten!«

Sie trat vor Brigitte hin und sagte mit erhobener Stimme: »Wenn Sie Kornelia van Vestrum sind, so wissen Sie auch, wo das Bild verborgen ist! – Zeigen Sie es!«

Brigitte erblasste. Johannes versuchte noch einmal, sich loszureißen, um sich auf Kornelia zu stürzen. Die Fäuste der Männer packten ihn fester.

Kornelia aber ging auf eine alte Truhe zu, die unter dem Spiegel stand und der niemand ansah, dass sie sich öffnen ließ. Sie machte irgendeine Handbewegung, und die Truhe sprang auf.

Kornelia entnahm ihr einen Bündel alter, bunter Lumpen, die verstaubt und zerfetzt und zerfressen waren. Mit einer Gewandtheit, die auf Gewohnheit schließen ließ, legte sie die Lumpen um, löste sie ihr Haar, schlug sie die Truhe zu.

Dann stieg sie auf die Truhe hinauf, drückte auf den Knopf am Spiegel, der langsam hinabglitt – *und das Bild der Bohémienne von Frans Hals erschien*, das im Ausdruck und in der Kleidung völlig der seitwärts vom Bilde stehenden Kornelia glich.

Johannes, dem höchste Wut gesteigerte Kraft verlieh, riss sich los, stürzte auf die Truhe, zerrte an dem Bild, hing sich daran, riss es mitsamt den Balken, an denen es hing, aus der Wand, und schlug rücklings damit zu Boden. Balken, Kalk und ganze Teile der Wand stürzten nach.

Der große Raum war sekundenlang eine undurchsichtbare, dichte Staubwolke.

Alles schrie durcheinander und suchte den Ausgang.

Als der Staub sich gelegt hatte, sah man außer Büchern, die auf der Erde lagen, umgeworfenen Tischen und Stühlen die letzten Menschen, die sich durch die Türen drängten. Alles war über und über mit Kalk und Staub bedeckt.

Auf dem Rücken, unter schweren Balken, lag erschlagen Johannes. In den weit geöffneten Augen stand Wut und Gier; die Hände hielten den Rahmen des Bildes umkrallt. Von dem Bilde selbst hing nur noch der untere Teil zerfetzt im Rahmen.

Kornelia, die ein herabstürzender Balken gestreift und leicht am Arm verletzt hatte, lehnte an der Wand, rieb sich den Staub aus den Augen und sank erschöpft auf einen Sessel.

Der Geistliche und der alte Diener kehrten zurück, mühten sich um Kornelia. Dann erst sahen sie sich in dem Raum um, traten an Johannes heran, hoben mühsam die Balken auf, sahen, dass er tot war, senkten den Kopf, falteten die Hände, sprachen ein Gebet.

Schluss.

Eines Nachmittags durchstöberte, wie oft, der bekannte Sammler und Mäzen Louis *Lépic* die Böden des nicht eben gut beleumdeten Bilderhändlers Pierre *Lavoisier* im Impasse St. Monique, unten am Ende der Avenue St. Ouen.

Er erhandelte grade einen alten Stich zweifelhafter Provenienz, als unten ein geschlossenes Auto hielt, dem hastig eine verschleierte Frau entstieg. Sie hielt ein Paket unter dem Arm und wechselte, ehe sie ins Haus ging, mit dem Chauffeur, der den Kragen hochgeschlagen und die Mütze tief ins Gesicht gezogen hatte, ein paar Worte. Der wies nach oben.

Bald darauf klopfte es an der Bodentür Pierre Lavoisiers. Er entschuldigte sich bei Louis Lépic, ging zur Tür, fragte, erhielt ein Stichwort, öffnete.

Die Frau mit dem Paket trat ein, schlug den Schleier zurück und erwiderte auf eine Frage Lavoisiers:

»Er ist tot! – Erschlagen von diesem Bilde, nach dem er so lange gesucht hat.«

Lavoisier interessierte sich nicht für den Tod noch für die Umstände, unter denen er erfolgt war, sondern riss begierig Brigitten das Paket aus dem Arm, öffnete es und rief: »Mein Gott, das ist ja ein Frans Hals!«

Auf den Ruf hin stürzte Louis Lepic herbei, sah das Bild und rief: »Wahrhaftig!«

»Diese Vandalen!«, schimpfte der Händler, »es ist vom Knie an zerfetzt und daher wertlos.«

Louis Lepic nahm es ihm aus der Hand und fragte: »Was fordern Sie?«

Der Händler zog sich mit Brigitte zurück und fragte: »Preis?«

»Fünfmalhunderttausend Frank.«

»Du bist verrückt!«

»Unter dem gibt er's nicht her!«

»Wer?«, fragte der Händler.

»Peter Last – er sitzt unten im Auto.«

»Ruf' ihn herauf.«

»Das ist zwecklos!«

»Du hast selbst gehört, dass Lepic gesagt hat, es sei zerfetzt und daher wertlos.«

»Du hast das gesagt«, widersprach Brigitte.

»Umso schlimmer! So wird er nichts zahlen.«

»Dreimalhundertfünfzig«, bot der Händler.

»Dann zahlt – ein Anderer!«

»Viermalhunderttausend ist unser letztes Wort«, erwiderte Brigitte.

»Gemacht!«, sagte der Händler, gab über die geforderte Summe einen Scheck, ließ sich eine Quittung über siebenmalhundertfünfzigtausend Franken geben, drückte Brigitte die Hand und sagte:

»Schade um Johannes van Gudry! Mit dem ließ es sich gut Geschäfte machen« – und schob sie zur Tür hinaus.

»Sie lassen einen heute nichts mehr verdienen und fordern Preise, auf die man kaum noch etwas aufschlagen kann.«

Dabei hielt er das Bild so, dass es richtig beleuchtet war und trotz der Zersetzung unterhalb des Knies, wie ein Ganzes wirkte. Nach einer Weile sagte er mehr zu sich: »Sonderbar!«

»Was finden Sie an dem Bilde sonderbar?«, fragte Lépic.

»Es ist fast noch schöner so! – Und je länger ich es betrachte, umso mehr neige ich der Meinung zu; dass der Meister selbst es gefühlt und in einem Moment göttlicher Eingebung die untere Partie entfernt hat.«

Louis Lépic schwieg erst und sagte dann: »Möglich ist es! Aber wer wird es glauben?«

»Niemand wird es sehen, wenn es richtig geschnitten und gerahmt ist.«

»Sind Sie Patriot?«, fragte Lépic.

»Ich? – wieso?« erwiderte der erstaunt.

»Sind Sie's, oder sind Sie's nicht?«

»Selbstredend! Wäre ich sonst wert, ein Franzose zu sein?«

»Beweisen Sie's!«

Lavoisier, der Böses ahnte, machte ein ängstliches Gesicht.

Louis Lépic sagte: »Ich will das Bild dem Louvre schenken.«

»Schenken?« wiederholte der entsetzt. »Wohl dem, der das kann!«

»Es hängt von Ihnen ab.«

»Von mir?«

»Sie dürfen nicht zu viel fordern.«

»Es ist ein Frans Hals! Und was für einer! Kennen Sie einen besseren?«

Dann kehrte er zu Louis Lepic zurück und sagte:

»Nein! – Es ist unerreicht!«

»Und Millionen wert.«

»Zweifellos!«

»Nu also!«

»Was fordern Sie?«

»Ihnen zuliebe und da Sie das Bild dem Louvre schenken wollen und ich ein guter Franzose bin: zwei Millionen Frank.«

»Die Hälfte.«

Lavoisier lachte, lachte ganz laut und sagte: »Meine Konkurrenz würde meine Überführung in eine Idiotenanstalt fordern.«

»Ihre Konkurrenz würde es nicht erfahren – niemand würde es erfahren außer mir.«

»Also ausgeschlossen! So ein guter Patriot ich bin, aber Sie können doch nicht verlangen, dass ich mich für mein Vaterland ruiniere.«

Lepic nahm Hut und Stock und wiederholte: »Eine Million – kein Centime mehr.«

»Gegen Kasse?«, fragte der Händler.

Louis Lepic stellte einen Scheck über eine Million aus. Der Händler packte das Bild ein. Und als er es ihm überreichte, sagte er:

»Und damit Sie sehen, dass ich ein guter Patriot bin und Sie nicht übervorteile – hier ist die Quittung über den Preis, den ich selbst für das Bild bezahlt habe.« – Er reichte ihm die Quittung über 750 000 Frank. – »Sie kennen den Kunsthandel und werden zugeben, dass 25 Prozent Verdienst kein Geschäft sind.«

»Ich erkenne es an und gebe zu, dass Sie mit dem Bilde mehr hätten verdienen können.«

»Ein Esel bin ich und ein Patriot!«, rief der Händler, »Aber ich stell' eine Bedingung!«

»Welche?«

»Dass Sie den Stich da auch nehmen.«

»Preis?«, fragte Lepic.

»Dreißigtausend Frank.«

»Sie haben ein schlechtes Gedächtnis, vorhin forderten sie nur zwanzigtausend.«

»Ja vorhin!«, erwiderte der. »Da wusste ich auch noch nicht, dass ich eine Million bei dem Frans Hals zusetzen würde.«

»Zusetzen?«, fragte Lepic erstaunt.

»Ist es vielleicht kein Zusetzen, wenn ich das Bild in vier Wochen für zwei Millionen verkaufen kann und es Ihnen – wohlverstanden, nur aus Patriotismus – für die Hälfte gebe?«

»Wie man es nimmt!«

»Ich setze, wenn Sie anstatt zwanzigtausend wirklich dreißigtausend für den Stich zahlen, immer noch neunhundertneunzigtausend Frank bei dem Geschäft zu. –

Noch ein paar solcher Geschäfte und ich bin ein armer Mann.«

Louis Levic nahm Stich und Bild, übersah, dass der Händler ihm die Hand reichte, ging und bestieg sein Auto – nicht, ohne sich vorher umgesehen zu haben, denn die Gefahr bestand, dass Peter Last und Brigitte ihm das Bild wieder abjagten.

Kornelia van Vestrum erholte sich schnell. Aber vom Leben draußen und den Menschen hatte sie genug.

Sie überließ das Schloss Vestrum mit allem, was dazu gehörte, der Kirche zu Klosterzwecken. Und als das Kloster feierlich seiner Bestimmung zugeführt wurde, blieb sie und nahm den Schleier.